麻生幾

救急患者
X

救急患者X

主要登場人物

〈高度救命救急センター〉

吉村　チームリーダー
美里　ナースリーダー
秋子　ナース長
梨愛　ナース（美里の後輩）
静香　ナース（美里の後輩）
小林　チームセカンド
藤田　チームサード
林原　センター長（救急医学教室主任教授）

〈関東医科大学附属病院〉

杉村　事務長
三田村　事務次長

草刈　刑事

プロローグ

女がタクシーから降車したのは午後10時02分頃のこと。場所は、国道の交差点から右に入って七十メートルほど先の、三棟で構成される関東医科大学附属病院前の舗道である。

タクシー運転手は、しばらくそこに車を停めたまま、病院の青白いネオンが皎々《こうこう》と光る入り口へと向かって歩いてゆく女の背中を目で追った。

タクシー運転手は、青白いネオンの先に、二十四時間体制で患者を受け入れる医療施設があることを知っていた。それもそこが救命医療を必要とする重症患者を専門に対応していることも。だから翌日、警視庁からの聴取に対してタクシー運転手は、「急に体の具合が悪くなったんだろうが、こんなに夜遅く、しかも一人で大変だなと同情しました」と供述した。

実際、タクシー運転手は、以前もある患者をここに運んできたことがあった。その時に乗ってきたのは、後部座席に膝座りしたまま激しい喘息発作に苦しむ二十代ほどの女性だった。その両脇で両親が必死に背中を擦ったり、励ましたりしていた。この病院に着いた時には、すでに数人の看護師たちがストレッチャーとともに待ち構えていた。そして青白いネオンの下へと急いで消えていったのだった。

だが、今の女は、ルームミラーでちらっと見た限りでは、急を要する治療が必要な患者には見えなかった。しかも、看護師たちがやってくる気配もまるでなかった、とタクシー運転手は警視庁刑事に付け加えている。ＪＲ神田駅南口付近で乗せてから、そこに着くまでの十五分ほどの間、女は行き先を一度告げただけで押し黙り、ずっと項垂《うなだ》れていたという。

ただ、どこか、精神的に落ち込んでいるか、悩んでいるかのような様子だったとタクシー運転手は最後にそう口にした。

1日目　午後10時34分
関東医科大学附属病院

玄関車寄せ近くのベンチに溜息混じりに吉村《よしむら》は腰を落とし、手にしていた医療雑誌の最新号を捲《めく》った。

高度救命救急センター《セ ン タ ー》と一般外来がある病棟は、隣接していて、昼間はこの玄関も多くの人々や車が出入りするが、今はほとんど人気《ひとけ》がなかった。

昼間はひっきりなしにやってきた救急車も今夜はもう来ないだろうという雰囲気を吉村は感じていた。

月明かりが十二階建ての一般病棟をぼうっと浮かび上がらせるだけで、この辺りがすべて闇の中に沈んでいるように吉村には思えた。

左側に見える〈高度救命救急センター〉の看板が今日もまた青白く闇に浮かんでいた。

青白く輝く光――ここではまったく相応《ふさわ》しい、と吉村はあらためて思った。

これまで吉村はその思いを誰にも口にしたことはない。だが、亡くなった患者さんを葬儀業者が来るまで一時的にお預かりする霊安室に足を踏み入れる時も吉村はそこに〝青白い光〟を見つけることが多かった。

吉村は、つい先ほど自分がいた空間を脳裡に蘇らせた。

吉村が、いつもここに来る度に受け入れる感覚だった。

ぽつん、ぽつんと天井に並ぶ、ダウンライトに照らされた地下二階の薄暗い廊下。白いシーツで被われたストレッチャーを先導する吉村は、この空間に足を踏み入れる度に、廊下全体がうっすらと青白く光っているように思えて仕方なかった。

――青白く輝く光。

ストレッチャーを引く音と、そこに寄り添う者たちが履いたスリッパのゴム底の乾いた音だけが響き渡る。

観音《かんのん》開きの灰色のドアを押し開くと、ギーという神経を逆撫でする音が感情を少し騒がせたが、それは束の間のことでしかなかった。

線香の香りに身を委ねるのは今日だけでも三回目となる。だが、ここに入る時と同じく自然と全身が緊張した。その緊張とは、人間の死という尊厳に対する畏敬の念ではない、と吉村は思っていた。また、自分は助けられたはずの人間を助けられなかったのではないか、という科学者としての葛藤でもなかった。吉村の脳裡にあったのは、次の患者は必ず救う、という医学という学問に真正面から向き合うことでの緊張だった。

毎日のように、直面する生物学的な最期は、一日に複数回という日も珍しくはない。もちろん、搬送されてきてＩＣＵに「入室」（ＩＣＵ＝集中治療室への収容）する患者の多くは治癒して一般病棟へ移ってゆく。そのためにこそ、自分たち救急専門医が存在するのだ。ナースたちとともに、腹部大動脈瘤《りゅう》破裂から起きた心不全で亡くなった老人を乗せた軽いストレッチャーを霊安室の中に送った吉村は、傍らにいる、初期研修医の村松《むらまつ》へふと視線を投げかけた。

しかし村松は吉村を見つめることはなかった。

ただその顔ははっきりと歪《ゆが》んでいた。

――感情の乱れが顔に顕著に出現している。

患者の死という現実の前で、こいつは明らかに動揺しているのだ。まだ患者に感情移入して泣き出さないだけマシだ、と吉村は思った。村松が今、どんな思いに縛られているか、吉村はよく分かっていた。心肺停止状態で搬送されて「入室」した三名が、今日一日だけでも必死の救命治療の甲斐なく脳波がフラットになった。交通事故による多発外傷《たはつがいしょう》、脳内血管障害、そして今、霊安室に運んだばかりの男性を含め、〝連続する死〟という現実に絶望する暇も、感動する暇もない。ただひたすら瀕死の患者はやってくるのだ。

六畳一間ほどの、この霊安室はなぜか壁の数ヵ所で塗装が剝《は》がれている。そこに浮かび上がった染みを気味悪がる若いナースもいる。人面や血の模様に見えるという噂《うわさ》が広がったのはつい一週間前のことだったな、と吉村が思い出した、その時だった。

吉村は愕然として、その染みに目がくぎ付けとなった。その染みを、吉村はかつて見たことがあった。

正確に言えば、これとよく似た染みをかつて見たことがあった、ということである。

三年という月日が経ったが忘れるはずもなかった。

まだ四歳だった。吉村は、その死に対してだけは冷静さを保つことができなかった。

我が子の死と向き合うことを、今もってできないでいるのだ。

吉村は大きく息を吐き出してから、ストレッチャーの上の死者に対して合掌した。

「後は頼む」

村松にそう言っただけで霊安室を出た吉村は、エレベーターへと足を向けた。

しかし、それをやめて吉村を階段を使った。


「先生――」

その声で現実に戻った吉村が振り向くと、村松が青ざめた顔で近づいてきた。

「ん？　どうした？」

吉村は溜息を堪《こら》えた。

――今夜は何だってこんなに騒がしいのか。

「先日お話しした件ですが――」

村松は遠慮がちにそう言って吉村の傍らに座った。

「何のことだっけ?」

吉村はすっかり忘れていた。

「大変申し訳ないんですが、やっぱり胸部外科医局を希望することを考えています。これまで救命救急医局の研修において、吉村先生には数多くのご指導を頂いたのに、まったく身勝手な相談をさせて頂いた件です」

「ああ、あれね――」

吉村は思い出した。

救命救急医局への意欲が村松にないことを吉村は前から薄々感づいていた。それもこれも外傷《トラウマ》患者を診る機会が少なくなったことが理由だろうというのが吉村の見立てであった。

シートベルト、エアバッグの普及や暴走族の減少、また対人警報装置などのハイテクシステムの搭載により交通外傷が大幅に減少したことなどで外傷患者そのものが大幅に減少し、救命救急医局の勤務では外科医としてスキルを上げられない、と村松が判断しているのだろうと思っていた。

しかし吉村はそれを知っていて村松に敢えて声を掛けることも諦めていた。

「人それぞれいろいろ考えがあるからね」

吉村にとっては精いっぱいの皮肉だったが村松は分かっていない風だった。

だが村松がいなくなって困る、という考えは吉村にはなかった。

救命救急医局への配属希望が年々減少している——来年の希望者もまだ一人しかいないという状態なのだが、こいつは必要なかった。

苦労を拒否する奴など、はなからいらない。

だから、強引に引き留める気はさらさらなかった。

「それに最近……どうも……疲れからか、幻覚のようなものを見るようになってしまいまして……」

村松は急に言葉を濁《にご》した。

「幻覚？」

吉村はそう関心もなく聞いた。

この過酷な労働環境に耐えるためには強靭な体力と精神力がいる。幻覚などと生っちょろい言い訳をするなら、到底ここでは務まらない——本来ならそう叱りつけるところだ。

しかし医局から離れてゆくこんな奴への関心など消え失せていた。叱る、ということは相手に何かを期待してのことであり、それはもはや村松に対しては微塵《みじん》もなかった。

「いえ……何というか……センターの中で妙なものを見てしまい……」

「妙なもの？」

「ええ……ナースの間でも噂になっているものです……」

「噂？」

「ご存じないですか？」

村松が吉村の顔を見つめた。

「ああ……」

吉村は曖昧にそう応えてから、口を開きかけてやめた。――もしかしてあの類《たぐい》の、幽霊がなんとかかんとかという話なんだろう。

どうせ、誰もいないはずのＩＣＵ内の低体温療法を行うガラス張りの個室からのコールが、ナースステーションのパネルに光るとか、夜な夜な通路に流れる白いモノとか、つまり心霊現象がどうしたこうしたの話だろう――。

「実は……噂になっているものを私も見たんです」

強ばった声で村松が言った。

「はあ？」

吉村が呆《あき》れた声をあげた。

「それも昨夜のことです。深夜、誰もいないはずの大学棟五階の部屋に電灯が点《つ》いているので、空き巣でもいたら大変だと思って警備員さんに知らせて見てきてもらったんですが……誰もいない……」

「ふうん」

「それだけじゃありません。ＩＣＵ奥の検査室と繋《つな》がった通路の途中にある女子トイレの洗面台の鏡に、〝血文字〟があったりと――」

「で、その〝血文字〟、なんて書かれてたの？」

もはや村松に顔を向けないまま吉村はふざけ半分に訊《き》いた。

「《救い出して》という文字が……」

村松は消え入りそうな声で答えた。

「それ恐ろしいな。教授に言っておくよ」

吉村は適当に話を合わせた。もちろん教授に話すつもりなど毛頭なかった。

だから、〝お前、科学者だろ〟という言葉で叱りつける気にもなれなかった。

吉村は大きく息を吐き出しながら立ち上がると、村松の肩をポンポンと叩いた。

「がんばれよ」

心と裏腹の言葉を吉村は選んだ。

吉村は次の言葉だけはまたしても呑み込んだ。

〝どちらにしたってお前は、技量、能力、体力のいずれでも救急専門医を目指す者としては失格だ〟

吉村は、村松にそれ以上、言葉を掛けることもなかった。

手にした医療雑誌で顔を被った吉村は大きく息を吐き出した。

今日は交通事故や頭蓋《ずがい》内疾患で四人の重症者がセンターに搬送され、それぞれタフな手術となった。さきほど亡くなった腹部大動脈瘤破裂の患者以外は、いずれも救命し、ＩＣＵへ「入室」させることができた。

しかしこれから、内科的な全身管理の壮絶な時間となる。精緻《せいち》な薬の投与と全身管理という内科的医療の壮絶な世界が始まるのだ。

それにしても、さっきの姿は酷《ひど》かった、と吉村は苦笑した。

トイレの鏡の前に立った時のことだ。

鏡に映った男はボロ雑巾のように絞っても何も出ないまでに疲れ果てていた。無精髭をたくわえて、髪の毛はボサボサ、目は血走って――。

それも当然だろう、と吉村は思った。寝言《ねごと》で投薬オーダーを呟《つぶや》き、ナースたちとの雑談と言えばICUで繰り返されている生化学検査の数値か医療デバイス操作の裏技などばかりで、どこの居酒屋が美味しいとか、新しいイタメシ屋が近くに出来たとか、今度の休みにはどこへ旅に出てみたいなどの軽口はまったくない。

吉村はここに座って三度目の溜息を吐き出した。

ふと敷地の門へ目をやると一台のトラックがやってきて車寄せにゆっくりと滑り込んだ。トラックのボディには飲料メーカーのロゴマークが大きく描かれている。

運転席から元気よく飛び出したポニーテール姿の女性運転手に吉村は見覚えがあった。一年前のことだ。自分の手首を切る、いわゆる〝リストカット〟で運ばれてきた陽子《ようこ》だった。彼女の救命措置を行ったのが吉村だった。

実は彼女が搬送されてきたのはその時が二度目だった。外傷自体は二週間の入院で済んだが、その最中〝異常行動〟があり、ICUの女子トイレに、リップクリームで、《みんな死ね》とか《全員殺す》などのイタズラ書きを繰り返して、スタッフたちを困らせた。

結局、心理カウンセラーによる支援を受け、何とか退院まで漕《こ》ぎつけた。

しかし退院時までずっと暗い表情を崩さなかったので心配には思っていた。

あの時の暗い表情がまだそこにある。敢えて言えば、より暗さが増したような気がしていた。

荷台から次々と降ろした箱を台車で二十四時間開け放たれている病棟玄関の中へと運んでいった。

飲料メーカーのトラックが去ってゆくと、タイミングを合わせたかのように今度は、黒くて長細い葬儀業者の寝台車がやってきて玄関に横付けした。

寝台車から出てきた運転手は、吉村の姿に気がつくと、帽子を脱いで挨拶をした。

その姿で吉村は、赤松《あかまつ》、という男の名前を思い出した。

二年前、交通事故に遭って多発外傷に瀕《ひん》した十一歳の女の子の執刀を行った。

少し離れた先から吉村に向かって頭を下げた赤松は、その女の子の父親だ。

その時、自分には何度も涙ながらに御礼を言ってくれた。だが、その後、医療費の請求などを巡って病院事務とトラブルとなり、ネットで病院批判を繰り返したり、病棟の通路の壁に悪口雑言《あっこうぞうごん》を書き連ねたりすることまでやった。

だが今、目の前にいる赤松は柔和な表情を向けてきた。

間もなくして泣き声とともに玄関から姿を現した数人の男女がしがみつくストレッチャーを運んできた赤松は、慇懃《いんぎん》な態度で寝台車に収めた。

寝台車と男女を乗せた二台のタクシーのテールランプを見送った後、車寄せは再び静寂に戻った――と思ったのは束の間のことだった。

黒っぽいタウンエースが車寄せにやってきた。

運転席から姿を見せた男の名前を吉村は苦労して思い出した。

大学医学部の学生が行う解剖学実習で使わせて頂く「ご献体《けんたい》」の手配業がこの男、山田《やまだ》の仕事だ。

吉村は、山田の仕事こそ誇りあるものだと思っていた。

医師を育てるためには、山田のような存在が不可欠であり、極めて重要なのだ。

タウンエースから降ろした幾つもの棺を山田は慣れた手つきで台車に載せて玄関の中へ運んでいった。

タウンエースが去ると吉村はそれを思わざるを得なかった。

――ここには大勢のそれぞれの人間模様があった……。

しかし今、一番言いたいことは別の言葉だった。

――今度こそ静寂をくれ！

その十分後、吉村は医局奥にある仮眠室で束の間の休息を取った。

医局の壁には一枚の紙が貼られている。

《食える時に食え。寝られる時に寝ろ》

深い眠りにはつけなかった。

浅い眠りだった。

だがそれだけでもかなり体力を回復できる。

ただ、浅い眠りは、またあの夢を導いた。

特に、ここ一週間、何度も見ているあの夢だ。

その夢は医学部生時代の解剖学実習のシーンだ。

運ばれてきた「ご献体」を囲む三人の学生たち。

その一人である吉村は、同級生とともに人体のすべてを剪《き》ってゆく。

心臓、胃、腸もスライスしてゆく。

顔からも唇や鼻を切り刻み――そして二つの眼球を刳《く》り抜いて銀色の容器の上に並べる。

頭部の解剖に取りかかった時、さっきの容器の中で何かが動いた。

吉村はふとそこへ目をやった。

刳り抜いた眼球がギョロッと動き、切り取った唇がパクパクとまるで話すように――。

ハッとして目を覚ました。

吉村は苦笑した。

学生の頃からもう十年以上経っているというのに、同じ夢ばかり――。

――どうかしてるぜ。

吉村は自分を嘲笑した。

仮眠室を出た吉村は冷蔵庫の前に立った。

雑用品ボックスから「冷えピタ」をとって目にあてようとした、その時だった。

突然、窓の外から大きな鈍い音が聞こえ、その直後幾つもの女性の悲鳴が上がった。

ブラインドカーテン越しに一階を見ると、何人かのナースたちが門の方へ走ってゆく。だがそこから先は死角となって見えない――。

吉村は医局を出ると外階段を駆け下り、人だかりができている玄関の車寄せと門の途中の車道へ走った。

救急車の車寄せエリアから門に向かうアプローチの途中で、顔を歪め口に手を当てて顔を引きつらせた数人の看護師《ナース》が何かを取り囲んでいる。

その中からナースリーダーの美里《みさと》がアスファルトの地面にひざまずくのが見えた。

「何しているの、あなたたち！　早く！」

美里が周りで立ち尽くすナースたちに声を上げた。

ただごとじゃないことを悟った吉村はそこへ駆け寄った。

ナースたちを掻き分けて吉村が見たものは、アスファルトの上に俯《うつぶ》せで倒れている女で、手足から出血していた。

急いで女の元にしゃがみ込んだ吉村は素早く全身を観察した。

――自発呼吸はある！

次に橈骨《とうこつ》動脈の脈を測った。

——救える！

そう判断した吉村はナースたちに目をやった。

「で、どうしたんだ？」

吉村は冷静に訊いた。

「あそこから落下してきました……」

一人のナースが震える声で、十階建ての大学棟を指さした。

吉村はその指先が指す方へ視線を向けた。

病棟に隣接した大学棟の五階のサッシ窓が開け放たれ、カーテンが大きくはためいている。

——なぜ五階から？

吉村は咄嗟《とっさ》に考えた。

——五階というと、院長室のほか各専門科の教授室があって……。

だがこの時間ともなると、さすがにそこには誰もいないはずだ、と吉村は思った。

「ストレッチャーを早く」

吉村は冷静に言った。

その時、吉村の視界に、遅れてやってきたナース長の秋子《あきこ》の姿が入った。

いつも冷静沈着でどんな時でも表情ひとつ崩さない秋子が、いつになく悲愴《ひそう》な表情をして顔を引きつらせ、五階のその窓を見上げて突っ立っている。

その唇は震えているように思えた。

吉村が秋子に声を掛けようとした時、倒れた女性から呻《うめ》き声が上がった。

「ストレッチャーはまだ?」

吉村は冷静な口調のまま周りに声を掛けた。

気配がして振り返ると、救命救急事務室の職員がストレッチャーを引き摺ってやってきた。

「よし、手伝って!」

吉村が近くのナースたちに声を掛けた。

吉村はその表情を見て、恐ろしいまでの速度で頭が回転するのを意識した。

観音開きの自動ドアをくぐり抜けて初療室へと繋がる廊下に足を踏み入れた途端、吉村の頭の中は瞬間的に鮮明となった。

重篤《じゅうとく》な疾患を専門に扱う第三次救急医療機関、高度救命救急センター。

救命救急センターは東京都内では二十数ヵ所、全国に約二百五十ヵ所あるが、「高度」と名の付く救命救急センターは、都内ではこの関東医科大学附属病院を含む四ヵ所のみである。

多発外傷などの救命救急プラス広範囲熱傷《ねっしょう》、中毒症などの生命の危機に瀕する患者に対し、二十四時間、多くの医師とナースなどのスタッフを揃えている——。

「先生、初療室、OKです!」

高度救命救急センター専用のナースステーションにいるナースたちに大きな声を掛けてから駆け寄ってきた美里は、そう言って吉村とともに初療室へ急いだ。

「今更言うまでもなく、《フォール》への医療は生死の境での闘いだ。よろしく」

吉村は美里にそう言って自らも腹に力を入れた。

薄いカーテンだけで仕切られた初療室に辿り着くと、美里が驚くほどの素早い動きを示した。

二十九歳にして早くも四人のナースたちを統率する立場にいる美里は、吉村の目の前で、緊急時対応用の輸液スタンドにぶら下がった乳酸加リンゲル輸液を、保温器に常時準備しているものと急いで取り替えた。

救急カートの上に常時用意されている挿管《そうかん》（気道を強制的に開放して酸素チューブを入れる医療行為）用の喉頭鏡《こうとうきょう》（気道を強制的に開ける器具）とブレードなどの救命器具の最終チェックを素早く終えた美里は、腹部外科手術用器具が入った滅菌紙袋を破り、救急カートの上に器具を並べながらも、集まってきた後輩のナースたちにてきぱきと指示を送った。

さすがだ、と吉村は思った。

美里の存在は実に大きい。彼女がいるからこそ、センターの救命率は常に高レベルを保てている——吉村はそう信じて疑わなかった。

しかし、吉村が評価しているのは彼女だけだった。

——この病院の他のナースも、医師たちにしても未熟な奴ばかりだ！

だがその思いはすべて呑み込み、何の感情も外に出さないクールな医師《ドクター》を演出してきた。

だからこの病院で自分が浮いた存在であることも吉村はよく知っていた。

いつも感情を出さず笑顔もなく、語気強く何かを言ったこともないし、逆に何かを言い淀んだこともない。

自分では〝クールの美学〟を貫いていると思っていたが、口さがない者は〝鉄仮面〟と揶《や》揄《ゆ》していることも知っていた。

「先生、《フォール》ですか！」

初療室へ駆け込んできたばかりの小林《こばやし》が言った。

小林は、吉村がリーダーを務める夜間当直チームの、「セカンド」と呼ばれる〝副リーダー〟的な存在で、「救急専門医」の資格を持つ医師である。

「そうだ。急ぐぞ」

そう冷静に応えた吉村は、ポケットにねじ込んでいたサージカルマスクを顔に当て、首からぶら下げた聴診器を耳にねじ込み、運び入れられたストレッチャーを見下ろした。

額から血を流す女は目を瞑《つむ》っているが顔を歪めている。そして何ごとか、うわごとのように低い唸《うな》り声をあげていた。

意識はある、とそれをまず吉村は確認した。

だが、意識と重傷度は必ずしも一致しないことをよく知っている吉村は気を緩めなかった。

「じゃ、一、二の三で、慎重に」

吉村の合図で、自分がリーダーを務めるチームの二人の医師と一人の初期研修医、そしてセンター担当の三人のナースたちが協力しあって、女の体をストレッチャーから治療台に慎重に移した。

天井から吊るされた丸い照明灯がベッドの上に回された。四個の２００Ｗスーパーハロゲン球が４万ルクスの光線を女の全身に浴びせた。

吉村は女を見下ろした。

髪はダークブラウンのショートカットで、肌の感じから、東京消防庁指令室の担当者が言っていたとおり、年齢は五十代に見えた。

化粧気はなかった。服装も膝下までのグレーのプリーツスカートと、薄いピンクのＶネックの半袖ニット。ごく普通の主婦に見えた。

真っ先に女の瞳にペンライトをあてたのは小林だった。

吉村より四歳若い三十二歳の小林は、救急科専門医としての手技《しゅぎ》に優れている。しかしそれを鼻にかけてナースたちを上から目線で見下しているようなところがあり、そこに吉村は科学者としてのバランスの悪さを感じていた。つまり、人間的な信頼が高いとは言えなかった。

「対光反射、しっかりあります」

小林が緊迫した声で言った。

その隣で、治療全体を統括する吉村は、少なくとも中枢神経には損傷がないと確認した。

小林は、女の顔に近づいた。

「聞こえますか？」

女は顔をしかめるだけで応えない。

「どこが痛いですか？　言えますか？」

さらに小林は語り掛けた。

反応はなかった。苦悶《くもん》の表情で顔をぎこちなく動かすだけである。

「服、切るね」

チームのナンバー3、「サード」と呼ばれる藤田《ふじた》は、そう女に言いながら、衣類裁断用ハサミでニットを切り開き始めた。

三十一歳で最近結婚したばかりの藤田は、目下、救急専門医の資格を取るために猛勉強中で、病院内外で行われる数々のカンファレンスや研修に積極的に参加していた。

衣類を取って全身の外傷面の観察を始めた小林は、幾つかの外傷的所見《がいしょうてきしょけん》を口にした。

「表皮剝脱《ひょうひはくだつ》からの出血が両足に顕著《けんちょ》に認められる――。しかし打撲痕は認められないな……」

余裕を持った言い方でそう告げた小林が、橈骨動脈に血圧をモニターするためのカテラン針を入れ、藤田は輸液ラインからの末梢《まつしょう》静脈血管を確保するための別のカテラン針を女の右手首上に素早く穿刺した。

吉村は思案した。

――小林が口にした所見は間違っていない。

医師とナースの全体の動きを指揮する役目の吉村は、小林が今口にしたいずれの外傷も優先的な治療が必要とは思えなかった。

「外見的な所見に気を取られるな。プライオリティ（優先順位）を見極めろ」

そう冷静に言った吉村の視界の片隅に、初期研修医の村松が呆然《ぼうぜん》として立ち尽くしているのが入った。

「自殺なんてなぜ……」

村松が呟いた。

「自殺かどうかは我々には関係ない。それよりぼんやりするな。やることをちゃんとやれ！」

小林が村松を叱っている間も、美里の動きはさらに素早くなった。

SpO_2（動脈中の酸素レベル数値）測定用クリップを女の左手親指に挟むと動脈ラインを固定してモニターに繋ぐ作業を急いでいる。

「血圧、85から60！　低下傾向です！」

吉村は、美里の声で一気に緊張した。

——大きな外傷出血がないにもかかわらず血圧が下がっている。

「外出血じゃない。内出血だ」

吉村が落ち着いた声で言った。

「容態は急変する場合がある。時間をかけてはいけない。さっきも言った通り、プライオリティは別にある。よし、急ぎ、内出血の有無を確認する」

吉村の低い声に頷《うなず》いた小林は、ナースたちに向かってバイタルサインの確認を行った後、聴診器で胸部と腹部の音を慎重に聴いている。

吉村は美里を振り返った。

「輸液はたっぷり、十分に」

「分かりました」

美里が機敏に応えた。

吉村が、さらに美里に話し掛けようとした時、女の呻き声が上がった。

「痛い！　痛い！　痛い！」

「痛いって、自分で飛び降りたのに……」

村松が顔を引きつらせた。

吉村はそれを無視して考えを巡らせた。

――《フォール》の患者は自殺を図ったのかどうか、それはまだ分からないし、そのことに考えを巡らせるのは自分の仕事ではない。

――ただ、〝墜落〟がもし自殺を図った結果だとしても、ここへ運ばれてくる時は〝生〟への執着を見せることが多い。ゆえに今、悲鳴を上げていてもおかしくない。ただ――。

吉村はあることにわだかまりを持った。

この女性がパンプスを履いていることだ。

吉村のこれまでの経験上、《フォール》の患者は発作的にということはあまりない。覚悟をした上で実行に至るケースがほとんどだ。その場合、靴を脱いで飛び降りるのだが……。

「どこが痛いの？」

小林が女の耳元に話し掛けた。

女は目を瞑ったまま苦悶の表情を浮かべるだけで反応はなかった。

「今から治療するからね、もう大丈夫だからね」

女性はさらに激しく顔を歪めた。

「今、痛み止めを打つからね。えっと、名前は――」

そう声を掛けた小林は、美里へ視線を投げ掛けた。

「この女性《ひと》の名前は？」

吉村の問いかけに美里が困惑の表情を浮かべながら言った。

「所持品がありませんでした。氏名不詳です」

「携帯電話もないの？」

吉村が訝《いぶか》った。

「ええ、どこにも――」

そう言って美里が頭を振った時、吉村の背後で声が上がった。

「血圧、上、50！」

ナースからの報告に、吉村は緊迫した。

――やっぱり、腹腔《ふくくう》内のどこかで出血が起きている！

その時だった。

茶色っぽい猿のぬいぐるみを胸の前で抱いた小さな女の子が吉村の脇を通り過ぎた。

「えっ！」

吉村は奥に去ってゆく女の子の背中を目で追いかけた。

「どうしてこんなところに……」

「先生、レントゲン写真《シャシン》撮ります。よろしいですか？」

美里が訊いた。

女の子の姿が消えていった奥の闇をじっと見つめ続けている吉村は、その声が耳に入っていなかった。

「先生？」

美里が怪訝《けげん》な表情で吉村の顔を覗き込んだ。

「今の誰だ？」

吉村は慌てて美里に訊いた。

「今の？」

美里はラインチューブを選びながら言った。

「今、ここを通った小さな女の子のことだよ」

吉村が不満げに言った。

「小さな女の子？　見ていませんが……」

顔を上げた美里が不思議そうにそう言って、近くにいるナースを振り返った。

そのナースも首を傾げている。

「いや確かに……」

吉村の言葉をさえぎり、美里が声を上げた。

「先生、レントゲン写真《シャシン》撮ります」

美里が急かした。

「頼む」

吉村が戸惑いながら言った。

「足を伸ばしてね。レントゲン写真撮るからね」

女の反応がなくても美里は語り掛け続けた。

「お尻や頭の下に写真板を入れるよ。自分で動かなくていいからね」

「痛い！　痛い！」

少し腰を持ち上げられたことで女が悲鳴を上げた。

「自殺を図ったのに、痛いなんて……」

吉村がちらっと視線を向けると村松は依然として目を彷徨《さまよ》わせている。

吉村はまたしてもそれには応えず、小林が女の胸から腰にかけてゆっくりとプローベを滑らせてゆく、その白黒映像を見つめていた。

小林は、その所見をなかなか見つけられないでいた。

「そこだ」

背後から吉村がそう言ってディスプレイの一点を指さした。

小林の手の動きが止まったのは、臀部《でんぶ》に出現している黒い影がディスプレイに映った時だった。

「間違いない。診断は腹腔内出血だ」

ディスプレイを覗き込んだ吉村が続けた。

「となると、骨盤《こつばん》内の後腹内出血。しかし大腸じゃない。骨盤そのものから出血している可能性が高い――」

心拍数を告げる電子短音の間隔が速くなる。

吉村は急いでバイタルサインを計測するモニター画面へ目をやった。

――血圧の低下が止まらない……。

「もし骨盤骨折であるなら、腸骨《ちょうこつ》にへばりつくように走っている総腸骨動脈に損傷がある可能性が極めて高い。予想しなければならないのはそこからの大量出血であり、致命的な出血性ショックだ」

そう一気に言った吉村は、小林とともにX線画像が映ったパソコンのディスプレイに近づいた。

吉村は、数ヵ所の酷い骨折の所見を見つけた。

「これほどの骨折ならば、やはり総腸骨動脈に損傷があると考えて緊急措置を行うべきだろう。一気に生命の危機に陥る可能性がある」

事態は救命措置というレベルに入っていることを吉村は宣言した。

「では緊急開腹術《かいふくじゅつ》を――」

小林が訊いた。

吉村は頭を振った。

「骨盤に這うように繋がっている血管は余りにも細くて密で、特に今は触ることさえ危険だ」

吉村が冷静に言った。

「血管造影《アンギオ》します。放射線科の先生に電話を入れてください」

美里は吉村の言葉が終わらないうちに初療室の隅の壁に掛けられている電話に飛びついていた。

吉村は、壁掛け時計にちらっと目をやってから、さっき見かけた小さな女の子を思い出して初療室の奥へと再び視線をやった。

――寝不足は日常的であるが、そのために幻覚を見たことなど一度としてない。〝物体〟として確かに存在していたことを網膜で捉えたのだ。

にもかかわらず、誰も見ていないなんて……。

呻き声を聞いて吉村は女に視線を戻した。

「名前は言える？　胸は痛くない？」

消毒薬を浸したガーゼで、手足の表皮剝脱の治療を行いながら小林が問い掛けていた。

「痛い……痛い……痛い……助けて……」

彼女の顔が激しく歪んだ。

「〝助けて〟って……なら自殺なんてしなければ……」

村松の目が依然として彷徨っていることに気づいた吉村は、ついに決意した。

村松の前に立ち塞がり、吉村は低い声で言った。

「邪魔だ。外に出ろ」

「アンギオ、OKです!」

美里が声を上げた。

力強く頷いた吉村は、小林を振り返った。

「TAE(経皮的動脈塞栓術《どうみゃくそくせんじゅつ》)はオレがやる」

極めて高いレベルの手技が必要なことをセカンドなどにやらせるわけにはいかなかった。

「お願いします」

小林が語気強く言った。

女を再びストレッチャーに移し替える用意をしながら、吉村は周りの医師とナースに声を掛けた。

「急ぐぞ」

吉村が女を再び振り返った、その時だった。

吉村は女の動きをまったく予想していなかった。

突然起き上がった女は救急カートから奪ったメスを四方八方に振りまわした。

誰もが思わず後ずさりした時、女は治療台から飛び降りた。腕に挿入されていた何本もの輸液チューブが引っ張られスタンドと機材が激しい音とともに床に叩きつけられた。

女が通路へ向かおうとした時、その進路に立っていた吉村と真正面からぶつかり、バランスを崩してそのまま吉村に覆い被さった。

不意の動きで吉村は女の体重を支えきれなかった。吉村は、医療器具が載せられた二台のワゴンの上に激しい音を立てて倒れ込んだ。その衝撃でワゴンは吹っ飛び、床にばらまかれる医療器具の激しい音とともに吉村は背中からその中に倒れ込んだ。

「先生！」

美里が叫んだ。

吉村の目に、覆い被さった女が握ったメスを振り翳《かざ》す姿が飛び込んだ。

反射的に吉村はその手を必死に押しとどめた。

「救い出して！」

女は絞り出すような声で叫んだ。

吉村は驚愕《きょうがく》して女の顔を見つめた。

カッと開いた目で睨み付ける女の力は凄まじく、その形相はこの世のものとは思えなかった。

だから女を跳ね飛ばしたのは、苦痛よりも先に恐怖感を抱いたからだった。

「やめなさい！」

女に真っ先に駆け寄ってその手からメスを奪ったのは美里だった。

「なに突っ立ってるの！　先生を助けて！」

美里は周りにいる者たちに怒鳴った。

看護師と小林たちが総掛かりで吉村を抱き起こした。

吉村はしばらく首を押さえ込んだまま噎《む》せ返っていた。

取り押さえられた女に、小林が注射器を持って近づいた。

「腕、固定して！」

小林が藤田に言った。

小林は注射器の針を女の上腕部にそっと挿入した。

女の荒い息が収まったのはその直後のことだった。

「バイタル大丈夫か？　よし、今のうちにアンギオ室へ行こう」

立ち上がった吉村がそう言った。

「先生、大丈夫ですか！」

美里は心配そうに覗き込んだ。

「ああ。それより急ごう。何にしても彼女を救わなければ――」

「こ、この女は、死にたいくせに信じられない……この世のものじゃない！」

村松が喚《わめ》き散らした。

小林へ視線をやった吉村は、人手が足りなくて呼び戻した村松に向かって顎《あご》をしゃくった。

頷いた小林は村松の背中を押した。

「おかしい！」

村松が声を上げた。

「いい加減にしろ」

小林が叱った。

「この女、人間じゃない！」

村松が髪の毛をかきむしって叫び続けた。

「この状態からして、精神的なバックグラウンドで意識が朦朧となり、そこから幻覚が来たんだ。いちいち反応しなくていい。そもそも――」

吉村は村松に語り掛けた。

しかし、そこから先を丁寧に言ってやる気にはならなかった。

村松は研修期間が終われば別の医局を希望する。

そんな奴に何かを諭したり、教えてやったりする必要はない。

――技量もないくせに！　まったくくだらない奴め！

吉村は通路に出される村松に心の中で吐き捨てた。

だが表面上はいつものとおり無感情を装っていた。

「先生、村松もまだ経験値がなく――」

藤田が声を掛けた。

――なんだとぉ！

吉村はその言葉は呑み込んだが藤田を睨み付けた。

――そんなんだからお前はいつまでもサード止まりなんだ！

それもまた心の叫びだった。

吉村は、女が横たわるストレッチャーに手を掛け、初療室から通路へと急いだ。

「あっ！」

吉村は思わず声を上げげた。

初療室の前で、猿のぬいぐるみを抱いた女の子が立っていたからだ。

吉村は目を見開いて女の子を見下ろした。

「さっき見かけた子――」

そこまで言って吉村は口を噤《つぐ》んだ。

その時、一人の若いナースが慌てて駆けてくるのが吉村の目に入った。

ナースにしては珍しく、おさげにした薄いブラウンの髪の毛が揺れている。唇の傍らの黒いホクロが妙に色っぽく見えた。

「おねえさんと、あっちで遊ぼうね」

若いナースはそう言って女の子の肩を抱くようにしてナースステーションの方へ一緒に歩いていく。

「えっ？」

吉村は小さな声を上げた。

——彼女って……どこのナースだったっけ……。

吉村は怪訝な表情をそのナースに向けた。

「では先生——」

ナースのその言葉で吉村は現実に戻った。

「事務の方に、この子のことを相談してきます」

ナースはそう言って女の子を連れていこうとした。

「ねえ、君、どこの所属?」

吉村が訊いた。

「いいえ」

ナースは微笑みながら頭を左右に振った。

吉村は眉間《みけん》に皺《しわ》を寄せた。

ナースが今、口にした〝いいえ〟の意味が分からなかったからだ。

右足を少し引き摺りながら、ナースは女の子を連れて歩き出していた。

「新しく入った人? 君の名前は?」

女の子とともにエレベーターへ向かうナースに吉村は慌てて声を掛けた。

だがナースはそれには応えず、女の子に何かを語り掛けながらエレベーターの中に消えていった。

二人の背中を見送る吉村の脳裡で、さっきの女の子の寂しげな顔と、自分の娘のそれとが重なり合った。

そして三年前のあの時の光景が頭に浮かんだ。


冷たい廊下を急ぐストレッチャー。

四歳の娘は息も絶え絶えだった。

「渚《なぎさ》、大丈夫だからな！　パパとママはここにいるよ、すぐ隣にいるよ！」

ＩＣＵの観音扉が押し開かれた。

それを見送った吉村はその場に立ち尽くした。

そして悲愴な表情を浮かべる妻の絵美《えみ》の肩をぎゅっと抱き締めた。


ハッとした吉村は、その忌まわしい記憶を再び記憶の底に仕舞い込んだ。

その理由をもちろん吉村は知っていた。

娘の死を未だに受け止められず、葬式を営むことも、墓石を作ることも反対した。それが原因で妻の絵美とも別れて——。

苦悩の表情を浮かべた吉村は、今、やるべきことへ必死に頭を切り換えた。

吉村は通路の先へ進むストレッチャーを慌てて追いかけた。

美里の横に並んだ時、吉村がそれを口にした。

「さっきの女の子、君もこの女性の子供だと思うか？」

「えっ？　さっきの女の子って？」

美里は怪訝な表情を向けた。

「いや、だからさ、さっき初療室の前にいた女の子だよ」

「いましたっけ……で、それが何か？」

美里が不思議そうな顔をして訊いた。

「初療室の前で、この女性のことを待っていたんだ。だからきっと娘かと……」

「そうですか……。バタバタして見ていませんでした」

美里が言った。

「で、その女の子はどこへ行ったんです？」

美里が訊いた。

「ナースが連れていったんだが……。それも見ていないのか？」

「はい、申し訳ありません」

美里が訳が分からないという顔で謝った。

「何歳くらいの女の子ですか?」

美里が訊いた。

「四、五歳だ」

吉村が言った。

「四、五歳……」

美里は呟くように言った。

「見ていないのか?」

吉村が怪訝な表情で訊いた。

「ええ」

小さな声でそう言ってから美里は続けた。

「それでどんな雰囲気の女の子だったんです?」

「猿のぬいぐるみを持っていた」

吉村は記憶を辿るような雰囲気で言った。

「猿のぬいぐるみ……」

美里は困惑の表情を浮かべた。

「そうだ！　さっきのナースに訊けばいい」

ハッとした表情で吉村が言った。

「ナース?　さっきから何のことを仰っているんです?」

美里が訝った。

「何を言ってるんだ。その女の子を預かっていったナースだよ」

「えっ？　さあ、そんな人いましたっけ……」

美里は首を傾げた。

「だから、髪をおさげにして、ここにホクロがあって――」

吉村は自分の唇の横に指をあてた。

「先生、今、何と？」

美里が目を見開いて吉村を見つめた。

「だから、おさげ髪に、ホクロがあって……」

吉村から視線を外した美里は急に押し黙った。

「どうかしたか？」

吉村が訊いた。

「そのナースって……」

美里が口ごもった。

「なんだ？」

吉村が美里の顔を覗き込むようにして訊いた。

「いえ別に……」

「そう言えば……」

吉村は別に思い出したことがあった。

「確かそのナース、右足を少し引き摺っていたな……」

美里の反応がなかったので吉村がふと視線をやると、美里は顔を引きつらせている。

「何なんださっきから」

「先生、そのナースを本当にご覧になったんですか？」

美里が小さな声で訊いた。

「さっきからそう言ってるじゃないか」

一度何かを言いかけて美里は話題を変えた。

「あの、先生、最近、お疲れになっておられるような……」

美里が遠慮がちに言った。

「私が？　だから幻覚を見たと？」

吉村は苦笑して続けた。

「今の私は、寝不足で目が血走って、肌もカサカサで潤いがなく、体のあちこちが痛いし、ふくらはぎがつる時もあり……だがこんなの高度救命救急センターでは誰もがそうじゃないか」

「でも先生は、特に最近、顔色も悪く——いえ、私はただ心配しているだけでして……」

美里が慌てて付け加えた。

「いいさ。ごまかしきれないからな。楽しみは、一日に三度の弁当を食うくらいで、当番のスケジュール通りには絶対に帰れないし、帰ったとしてもバタンキューの連続で、ショッピングや映画を観に行こうなんて気はサラサラ起こらない。いや、楽しみはもう一つある。酒だ。それも、毎日のストレスとオサラバするためには、大脳皮質がアルコールでビシャビシャになるまで飲んで飲んで――」

そこまで一気に捲し立てた吉村は言葉を止めた。

「でも、さっきのは幻覚ではなかった……」

吉村は独り言のように言った。

「すみません、分かりました。女の子もナースも私が探してみます」

美里が語気強く言った。

吉村は笑顔を向けた。

――やっぱり彼女だけだ、信頼できるのは。

ＩＣＵの入り口に辿り着いた時、吉村はボソッと言った。

「ただ妙なんだ。その子は《Ｘ》が倒れていた近くにはいなかった」

吉村がこう付け加えた。

「それってどういうことです？」

美里が吉村を見据えた。

「つまり、どう見ても四、五歳の女の子が一人でどうやってここまで来たか……しかもこんな時間に……小児科病棟にしてもきちんと管理されているのでそこからとは思えない……」

美里が不思議そうな表情を向けたまま押し黙った。

「だから――。いや、今はそんなことはいい。さあ、アンギオ室へ急ごう」

吉村は真っ直ぐ前を見据えた。


鉛入りの防護服を頭からすっぽり被った吉村は、「アンギオ室」の二重の扉の奥に入った。

放射線によって鮮明に映るディスプレイの画像を見つめながら、血管内を進めたカテーテルによって出血部位に辿り着き、そこで血管に詰め物をして出血を止めるまでの細かい手技を吉村は慎重に進めた。

約一時間後、短時間でやり終えたことに吉村は自分でも大いに満足した。

アンギオ室から出てきた吉村の額の汗をガーゼで拭《ぬぐ》ったのは美里だった。

前立ちの位置で吉村をサポートしていた小林が吉村に笑みを投げ掛けた。

「完璧な手技《オペ》でした」

吉村は何も応えなかった。

辺りを見回した吉村はそれを意識せずにはおれなかった。

自分に向けられている誰もの視線だ。それは、尊敬の気持ちで溢《あふ》れている――。

「外傷プラスＡＣＳ（一般的な外科的な緊急手術）の専門外科医としてスキルを高められてきた上での素晴らしい手技。私はこれからも先生についていきます」

小林がそう言って続けた。

「外傷外科医だけで食ってゆけるかどうか不安でしたが、先生を見ているといつも自信が湧いてきます」

——そうだろ。オレだけを見ていればいい。

その言葉を吉村は呑み込んだ。

——いいか憶えておけよ。どんなに寝不足であろうが、疲労困憊《こんぱい》であろうが、手技においては、頭は完全にクリアーとなり、指先は縦横無尽に動き回る——それが重要だ。

だが吉村は感情を表に出すことはなかった。

自分はどんな時でもクールであるべきなのだ。


ストレッチャーに寝かされた女とともにＩＣＵに入った吉村は、まずその前室と呼ばれる空間で、マスク、ゴーグル、キャップそしてガウンという厳重な感染対策を施してから、いつもの〝儀式〟を開始した。

その儀式は、患者をＩＣＵへ「入室」させるために、「ＩＣＵ経過表」に必要事項を書き込むことである。

単なる院内の医療事務に過ぎないが、吉村だけは、その作業を〝儀式〟と呼んでいた。

生命の危険を乗り越えた患者が、高度救命救急センターから、一般病棟に移され、そして自分の足で病院から帰宅するまでの、最初の第一歩としての〝儀式〟だと——。

「《Ｘ》——」

吉村はそう呟いた。氏名不詳の「ＩＣＵ入室者」に対して、高度救命救急センターの規定で決めている名称である。

実は、高度救命救急センターに搬送されてくる患者のうち、氏名が不詳で、ＩＣＵ経過表に《Ｘ》と書き込まれる人は少なくない。

所持品を持たずに出掛け交通事故などの突発的な事故に遭遇した患者、突然の行き倒れ、集団災害や事故による大量の患者——それら《Ｘ》は年間、少なからず存在するのだ。

ＩＣＵ経過表を美里から受け取った吉村は、大きく息を吸い込んでから日付の後の氏名欄に、

《Ｘ－13》

と書き込んだ。

《13》とは今年になってからの《Ｘ》のカウントであり、つまり十三人目ということになる。

ＩＣＵ経過表の末尾に、吉村は、自分の名前を署名した。そのＩＣＵ経過表を吉村から渡

された美里が言った。

「午後11時35分、救急患者X、ＩＣＵに『入室』します」

黙って頷いた吉村に、美里がたまりかねたように語り掛けた。

「先生、それにしても《X》はさっきどうして先生に襲いかかったんでしょう？」

「襲いかかったんじゃない。あの女、どこかへ行こうとしていた」

吉村はその光景を思い出しながら言った。

「彼女、何か言ったんですか？」

美里が深刻な表情で訊いた。

「いや、そんな気がしただけだ……」

吉村は素直にそう答えた後、自分の言葉を頭の中で繰り返した。

《彼女はどこかに行こうと》――どこかへ？　あの体で？　痛みがあるのに？　自分でもどういう状態か分かっているはずだ……。

吉村はさらに考えてみた。

――そうすると、彼女はもはやまともな思考を持っていない。意識外の思考……それこそ何かに取り憑《つ》かれているような……。

吉村はさすがに苦笑した。

科学者たるもの――という言葉が脳裡に浮かんだ。

ただ、その疑問だけは残った。

――なぜ五階から飛び降りたのか……。あそこには確か……。

「先生?」

美里のその言葉で吉村は覚醒した。

「どうかされましたか?」

美里が吉村の顔を覗き込むようにして訊いた。

だが吉村は黙り込んだままだった。


ディスポーザブルキャップを被り、シューズカバーを履き、サージカルマスクを付けるという完全なる感染防護措置を施してから美里はICUエリアに再び足を踏み入れていた。

すべての窓のブラインドが下ろされ、薄暗くて広いICUに所狭しと並ぶベッド群――。

幾つものチューブが体のあちこちに繋がれ生命の危機に瀕している患者が、生命維持を機械に依存して全身管理が施されている場所である。

暗闇の中で電子モニターの何色もの輝点だけが幾つも点在している。規則的な幾つもの電子音と人工呼吸器のポンプ音が重なり合うICUエリアを美里はゆっくりと見渡した。

タラタラッタラ、ピーピー、ポンポン、ポー、ピーピーピー、コロコロコロ、シュー、シュー、ポッポポッポッポッ、ポーポーポー、ポッピー、ポッピー、ポッピー……。

それぞれのベッドの傍らにある医療機材が奏でる音がハーモニーになっている、と美里はいつものごとく感心した。

静かだ、と吉村は思った。いつもここは静かなのだ。

ＩＣＵ担当の八名の当直ナースたちがベッドの間を足早に歩き回っている。ナースステーションにはバイタルサインを一括管理するセントラルモニターはあるが、ここにいる患者の容態は余りにも壮絶で、常に間近で観察しておかなければならない。そして、薬剤の投与、ガーゼの取り替え、また喉に溜まる喀痰《かくたん》の除去などナースに与えられているメニューは余りにも多かった。


「ねえ、聞こえる？」

美里は、三年後輩のナースである梨愛《りあ》をセントラルモニターの前で捕まえた。

「えっ？」

梨愛は透明ゴーグルの中で目を彷徨わせた。

「だからあの〝すすり泣き〟――」

「やめてくださいよ」

大きなサージカルマスクではっきりとは分からないが、梨愛の顔が歪んだように見えた。

そして美里がさらに質問を投げ掛けようとしたのにくるっと背を向け、ＩＣＵの個室の方向へ足早に行ってしまった。

その後ろ姿を見つめながら、彼女もきっと聞こえているんだわ、と美里は思った。だがそれを認めたくないのだ。

美里は首を竦《すく》めてＩＣＵを見渡した。何のことはない。誰かが泣いているのなら、どうしたんですか、と声を掛けてあげればいいのだ。

ここの入室患者の半分ほどが、〈ＩＣＵシンドローム（症候群）〉という状態に陥っていることを美里は知っていた。

そしてそれは、意識が清明であればあるほど陥りやすい。

二十四時間機械に繋がれ、異様な電子音の中で生き続けなければならないのだ。しかも周りは重体患者ばかりで、死んでゆく患者も毎日のように目にする。

緊急時の医師やナースたちの駆け回る動きは、患者によっては、とても正視できないほどショッキングな場合がある。

患者たちは、自分たちナースしか頼るものはない。

何しろ家族でさえ面会できない状態の中で、患者たちはナースの言葉や笑顔だけに救われるのだ。ただ手を握っていて欲しい、という患者も多い。

美里は出来るだけそれに応えてあげたいとは思っているが、すべての要求に応えることは到底無理だった。

ゆえに、社会的に相当な高い地位にある男性でも、死への恐怖と寂しさで夜な夜なむせび泣く光景を美里は何度となく見てきた。

休憩をとるため、ＩＣＵの前室で感染防止用の装備をすべて脱ぎ取った美里に、梨愛が話し掛けた。

「さっきは、先輩に驚かされましたが、今度は私から。あのことを聞いてます？」

梨愛がニヤニヤしながら言った。

「あのこと？」

美里が視線を向けた。

「静香《しずか》ちゃんが見たんです」

看護学校の同期であるナースの名前を梨愛が低い声で言った。

「見た？」

「そうです。アレを見たんです」

「アレ？　何なのよ。はっきり言ったら？」

美里が苦笑した。

「あのＩＣＵの奥のトイレで見たんです。鏡に浮かんだ〝血文字〟を――」

「〝血文字〟？」

「それが血液だという根拠は聞いてませんが、静香ちゃんはそうだと――」

呆れた表情を浮かべた美里だったが、もうちょっと話に付き合ってあげてもいいわ、という気になった。

「で、何と書いてあったの？」

「《呪》《恨》《殺》《救い出して》だったとか――」

梨愛が押し殺した声でそう口にした。

美里は、さすがにここまでだ、と思った。

「タチの悪いイタズラね」

美里は苦笑した。

「いえ、そういった類のイタズラはどこにでもあると思いますが、静香ちゃん、さらに妙なことを言ってるんです」

「妙なこと？」

美里が訝った。

「それが消えていったと……」

「分かった、分かった。で、誰が消したの？」

美里が訊いた。

「違うんです、静香ちゃんが怖がっているのは――」

「どういうこと？」

美里は目の前のモニターの数値へ目をやりながら、そう関心もなさそうに訊いた。

「目の前で消えていったんです、その〝血文字〟が……」

美里はゆっくりと梨愛を振り返った。

「消えていった？」

無菌水手洗装置へ向かいながら美里が訊いた。

頷いた梨愛が続けた。

「実は、見たのは静香ちゃんだけじゃないんです」

「それで？」

美里は両手に洗剤をこすりつけながら応じた。

「他に四人のナースが同じものを見ています」

「四人ね……」

美里が軽く流した。

「それで……実は……ナースたちの間で動揺が広がって仕事にもちょっと影響が……」

梨愛が言いにくそうに口にした。

「え？　そんなこと私、聞いてないわよ」

美里は表情を変えた。

「実は、私もついさっき聞いたんです」

美里はしばらく思案げな表情を作ってから梨愛を振り向いた。

「誰のイタズラかは別の話として、仕事に影響しているというのは普通じゃないわね」

「それにナースたちは、あのことを思い出したんです。五年前のあの事件を……」

美里は息が止まった。

「あの時も、同じ五階でした――」

美里が何かを言いかけた時、ポケットに入れていたタイマーが小さく鳴った。

「後で私も訊いてみるわ。それより、ベッド№5の患者さんの投薬の時間だから頼むわよ」

それだけ言うと美里は梨愛をそこに残したままＩＣＵの出口へと向かって行った。


感染防護装備を身につけＩＣＵに入った吉村は、美里の姿を一瞥《いちべつ》すると、ベッドが緩やかに左右に回転している間質性肺炎の患者に足を向けた。

その静かなる姿もまた壮絶という他はなかった。肺に水が溜まる症状を少しでも緩和するためにそうされているのだが、臨床的には末期状態だった。

ベッドの傍らに立つ、充血した目をしたナースが、その末期肺がん患者の輸液を取り替えた後でちらっと吉村に視線をよこした。

彼女はごく僅《わず》かに、しかし力なく頷いた。

それは、ここで働く医療チームにしか分からない合図だった。ＩＣＵの中では微妙な顔や目の動きによって、医師とナースたちとはいつも重要なコミュニケーションをとっていた。

ベッドサイドモニターに目をやった吉村は、「家族を呼ぶ時だ」とナースの耳元で囁《ささや》いた。

〝回転するベッド〟を回り込んだ吉村は、隣のベッドへ足を向けた。

鎮静剤の投与によってすっかり大人しくなった《フォール》の患者の傍らに立った。

真っ先にバイタルサインのモニターを見て安定していることを確認した吉村は、足元の台に置かれたＩＣＵ経過表を手に取った。

そこに書かれているのは、さきほどのオペ室（手術室）での手技の説明と、時々刻々のバイタルサインや感染症の有無のヒストリーを記録したグラフである。一番上に書かれるべきはずの氏名の欄には、《Ｘ－13》とだけあった。

またこの《Ｘ－13》が、自殺未遂者だった場合、備考欄に書かれるはずの、本人や家族などから聴き取った精神的なバックグラウンド――例えば失恋しただの、疎外感を覚えただのという自殺を企図した理由も当然空白のままだった。

――これからが大変だ。

《Ｘ》を見下ろす吉村はそう思った。

死に直結する大出血は何とか制することができた。

だが、感染症や手術をするまでの出血を原因とする腎機能障害によって、一気に生命の危機へ突入する危険性はまだ十分にあった。そのため、今後は、薄氷を踏むが如しの全身管理を含む内科的治療に全力を傾けなければならないのだ。

ただ、少なくとも数時間は余裕があるはず、と思った吉村は、ＩＣＵを出て、一時の休息をとることに決めた。メシを食える時に食っておかずに、いつ食べられるか分からない状態へ突入したことが今まで何度もあったからだ。

ＩＣＵの前室でガウンなどを脱ぎ捨てて通路に出た吉村に、一人のスーツ姿の男が会釈しながら近づいてきた。

「吉村先生でいらっしゃいますか？」

スーツ姿の男が訊いた。

「ええ」

吉村は軽く応えた。

「こんな深夜に申し訳ありません。実況見分に時間がかかりまして。山の手警察署の草刈《くさかり》と申します。ちょっとお時間、頂けませんか？」

警察手帳を掲げながら、その刑事は吉村を見つめた。


美里は、初療室で忙しく動き回るナース長の秋子を見つけて声を掛けた。

「ナース長、お忙しいところ申し訳ありませんが、お話ししたいことがあります」

美里が言った。

「急ぎなの？」

秋子が訊いた。

「いいえ。そうではありません。ただ、お耳に入れたいことがありまして」

じっと美里を見据えた秋子は、

「じゃあちょっと待って。胃瘻《いろう》（直接胃の中に食事や栄養剤を送り込む）チューブの在庫確認がもうすぐ終わるからナースステーションで待ってて」

すでに全員が持ち場に散っていたナースステーションは無人で、美里は、窓際にある丸い木製の作業台の前の椅子に腰掛けた。

しばらくして秋子が白衣の胸の辺りをパタパタさせながら姿を現した。ここでの仕事環境は時には蒸し風呂のようになるのだ。

「で、話って？」

秋子が真向かいの椅子に腰を落としながら訊いた。

「今、ナースたちの中で、ある噂話が広がっていまして――」

「噂話？　どんな？」

秋子が尋ねた。

「ＩＣＵの奥のトイレの鏡に、血文字で、《呪》《恨》《殺》や《救い出して》という落書きがあることです」

「血文字？　本当に血液なの？」

秋子は怪訝な表情を向けた。

「いえ、それは……」

美里が言い淀んだ。

「あなたらしくもない。誰かのイタズラに反応するなんて――」

「でも、それが目の前で消えてしまうと――」

「消えてしまう、ってどういう意味？」

「笑わずに聞いてもらえますか？」

「笑う？　何なのいったい？」

秋子が訝った。

「みんな、心霊現象じゃないかと――」

美里のその言葉に苦笑した秋子は頭を振った。

「そんなのどこだってある噂話じゃない。そんなことで動揺するナースって聞いたことがないわ」

秋子は最後には鼻で笑った。

「でも、それを見たのは、一人や二人じゃないんです」

美里がさらに続けた。

「じゃあ何人？」

「五人ほど……」

美里が躊躇《ためら》いがちに答えた。

「五人？　それでキャッキャ言って騒いで？　情けない！」

秋子は吐き捨てた。

だが美里は構わず続けた。

「鏡に〝赤い文字〟があるだけなら誰かのイタズラだとナースたちも一笑に付します。でも、目の前で消えてしまうことにナースたちは反応しているのです」

大きく息を吐き出した秋子が言った。

「じゃあ見に行ってみましょ」

ＩＣＵに再び戻った秋子と美里は、ディスポーザブルキャップとガウンを被り、シューズカバーを履き、サージカルマスクという完全なる感染防護措置を施してから、ＩＣＵの奥にある、検査室と繋がった通路へ足を踏み入れた。

「ここね？」

秋子は通路の中ほどにある女子トイレの前に立って美里を振り返った。

「はい、ここです」

美里がそう答えた時、秋子は早くも女子トイレの中へ入っていった。

急いで後を追った美里は、天井まで届く大きな鏡の前で仁王立ちする秋子の背中を見つめた。

「変わったところはないわね……」

秋子は鏡の隅々を見回した。

「工作された形跡もないし……」

秋子は呟いた。

「で、どの辺りにその〝赤い文字〟があったの？」

振り向いた秋子が訊いた。

「私は見ていないので――」

美里は口ごもった。

「まっ、とにかく――」

秋子は溜息をついた。

「誰かのイタズラね。赤い文字、というのが何よりの証拠よ。口紅で書いたってわけでしょうから」

実際、自分では見たことがなかったのでそれ以上、反論できなかった。

「それより、あなたもリーダーになったんだから、若いナースたちをちゃんとまとめないと。くだらない噂話で動揺させるなんて最低よ」

「すみません」

美里は、ナース長に話した自分を心の中で罵《ののし》っていた。

結局、自分の管理責任が問われることになったからだ。

だから、梨愛が言っていた〝五年前の事件〟のことも言い出せなかった。それもまた罵倒されるのがオチだった。

「じゃあ、頼むわよ。本当に」

それだけ言い残して秋子はトイレから出ていった。

刑事の背中を見送ってICUに戻ってきた吉村は、美里の姿に気づくと手招きして呼んだ。

「美里さん、時間がもしあったら、ムンテラ（患者もしくは患者家族への説明）室へ来て欲しい。ちょっと話しておきたいことがある――」

吉村はそう言うと踵《きびす》を返して、ムンテラ室へと繋がる通路をスリッパを鳴らして先に歩いていった。

ムンテラ室に入ってきた美里に近くのパイプ椅子を勧めた吉村は、足を組みながら口を開いた。

「実は、先ほど刑事さんが来てね。その話から、今日、入室した救急患者の《X》について分かったことがあった」

美里は興味津々といった表情で吉村を見つめた。

吉村は、さっきまでの刑事とのやりとりを美里に説明した。


草刈と名乗った刑事は、独立して建てられている救命救急医局棟から隣の病棟へ繋がる通路の途中にある長椅子に吉村を誘って座った。

「実況見分の結果、落ちたのはやはり、こちらの看護師さんが目撃されたとおり、大学棟の五階のサッシ窓からだと断定しました」

吉村は黙って頷いた。

「窓の桟《さん》に、落ちた女性の下足痕《ゲソコン》、いや靴痕《くつあと》が付着していました。あのサッシ窓は成人女性なら跨げる高さです」

「では自殺だと？」

吉村が訊いた。

「まっ、恐らく……」

顔を歪めた草刈が続けた。

「ところで先生にお伺いしたいことがありましてね。こちらに搬送された女性は、墜落の経緯について何か言ってませんでしたか？」

草刈がメモ帳を片手に訊いた。

「いや、まだ話ができる状態ではありませんので何も――」

そこまで言ってから、吉村はそのことを思い出した。

「ひと言だけありました」

「ひと言？」

草刈が身を乗り出した。

「《救い出して》、そのひと言です」

吉村は答えた。

「どういう状況でそれらの言葉が?」

「実は、初療室で診療中、突然、その女性が近くの救急カートの上にあったメスを取って振り翳しながら通路へ出ていこうとしたんですが、その時、偶然そこに立っていた私に向かってそう言ったんです」

「通路へ?　女性はどこかへ行こうと?」

草刈が右眉を上げた。

吉村は顔を歪ませて頭を振った。

「分かりません」

「で、先生、おケガは?」

草刈が吉村の全身へ目をやった。

「いや、別に――」

吉村が言った。

「……ところで、話を戻しますが、先生のご診断の結果は自殺だと?」

草刈が吉村の顔を覗き込んだ。

「そういったことは刑事さんのお仕事じゃありませんか――」

「それはそうですが、先生のご私見をお聞かせ願えませんか?」

「臨床的な所見からはそれは分かりません」

吉村は即答した。

残念そうな表情を作った草刈が続けた。

「ところで、こちらは自殺未遂者も扱うんですよね？」

「ここに搬送されてくる患者さんのうち、約三割は、そういうバックグラウンドがあります」

「え、そんなに？」

草刈が声をあげた。

「例えばリストカットにしても、片腕だけで百ヵ所以上の自傷《じしょう》行為を行った患者さんもいました。また、何かを服用するにしても、なかなか一般の人は青酸カリなどの劇物は手に入らないので、単4電池を十数個も飲み込んだりしていた若い女性も――」

「電池？　そりゃまたすごい話ですね」

草刈は驚いた表情を浮かべた。

「事実を言ったまでです」

吉村は冷静な口調でそう口にした。

「こちらに来るのは交通事故など命の危険のある患者ばかりだと思っていました――」

そう言って草刈が感心するように何度も頷いた。

「それも、やっかいな患者が多い。だからウチのようなマンパワーが必要となるんです」

吉村が続けた。

「リストカットなどの自傷行為は、臨床的には、正常と精神疾患の境にいる、つまり『ボーダー』というカテゴリーに入れています。この『ボーダー』がやっかいなのは正常な部分があるからです。そういった患者さんは普段はきちんと社会生活を送りながら、ある時、突然、異常をきたす。ですから入院中も厳重警戒が必要でして――」

吉村はそこまで言った時、《フォール》の《X》のことを思い出した。

――彼女も『ボーダー』ということになるんだろうか……。

ただ彼女に関して、今、思い出すことがあった。

初療室で、メスを振り翳して自分を襲ってきた時、自分に投げかけた言葉。特に最後に言ったあの言葉――。

《救い出して！》

あの言葉はどういう意味だったんだろうか。

聞いた時は、〝自分の命を救って〟という風に受け止めた。周りの医師とナースたちも同じように感じていたから、誰もその言葉に疑問を持つ者はいなかった。

しかし、今、あらためて考えてみても、そうではない気がした。

《救い出して》という言葉は、自分のことを指しているフレーズとしては違和感がある。

自然に考えれば、《救い出して》というのは、第三者の〝誰か〟のことを指しているのではないか。その〝誰か〟を救い出して欲しいと――。

「先生――」

草刈のその呼びかけに吉村は我に返った。

「五階には、色々な実習室の他院長室、各専門科の教授室もあるんですね？　先生はなぜ、彼女が五階へ行ったのか、思い当たることはありませんか？」

吉村は頭を振った。

「さあ何も」

「そうですか……実は、どうも妙なことがありましてね……」

吉村は黙ったままその先を待った。

「飛び降りた女性の指紋が、院長室や各専門科の教授室のドアノブすべてに遺っているんです。彼女は何をしようとしていたのか……もしかすると院長室か教授室で何かを探すためにそうしていたのか……」

「私には皆目――」

腕時計へ目をやった吉村は、草刈への対応と自分の妄想に時間を掛けすぎたと判断した。

それを察したように草刈が話題を変えた。

「それで、墜落した女性なんですが、今もって身元が分からないんです。困ったもんです」

「こちらでも分からないですね」

そう言って吉村はもう一度、腕時計に目をやった。

「そちらの捜査で、身元が分かるものは何もなかったんですね？」

吉村が訊いてきた。

「ええ」

草刈が頷いた。

草刈は続けて、付近に住む者ではないかと現場付近の聞き込みを行ったが彼女を知る人はおらず、彼女を探しているとおぼしき捜索願も出されていない。指紋資料の調査もしたが前科前歴者の中にヒットする人物はいなかった、と力なく説明した。

吉村はもはやここまでと思った。

「もうよろしいですか？　治療がありますので」

立ち上がってセンターへ戻りかけた吉村の背中に草刈が言った。

「先生も、五階の教授室へは度々行かれるんですか？」

「ええまあ」

「では、あの女性が飛び降りた時に先生はどちらに？」

「医局にいました」

吉村がそう答えた時、草刈がメモ帳を捲る音が聞こえた。


草刈とのやりとりについての話を終えた吉村は美里を見つめた。

「ですので美里さん。君のようなプロに今更言うまでもないが、いわゆる〝ボーダー〟のあの『X』への対処についてはくれぐれも慎重に――」

「はい、分かりました」

美里が力強く頷いた。

吉村が立ち上がった時、美里が何かを口ごもっている様子が窺《うかが》えた。

「何か？」

それを察した吉村が訊いた。

鏡の〝血文字〟にまつわる話について秋子に一蹴されたばかりの美里は、誰でもいいから話を聞いてもらいたかった。

さっきナース長と話をしていた時には忘れていたが、五年前の今日起きた、あの不幸な出来事を思い出したからだ。

「何人かのナースたちの間で、動揺が広がっていることをご存じですか？」

「動揺？」

「トイレの鏡に〝血文字〟が書かれていて、それが五年前のある出来事と関係する心霊現象ではないかと……」

「〝血文字〟とか、ある出来事とか、心霊現象とか、いったい何のこと？」

椅子に座り直した吉村は苦笑しながら訊いた。

「《フォール》の《X》がICUに入室した直後くらいから、その奥にある女子トイレの鏡に〝血文字〟を見つけたナースたちが複数いるんです」

「女子トイレって、ICUから検査室へ向かう通路の途中にある、あのトイレのこと？」

吉村が尋ねた。

「そうです」

美里が頷いた。

「君にしては珍しいね。若いナースたちの噂話を信じるなんて――」

吉村が苦笑して言った。

「ナースたちはそもそもそんなことくらいで動じません。イタズラだと鼻で笑って終わりです。よくある話ですから」

美里が一旦、言葉を切ってから続けた。

「若い子の話を聞いているうちに、今日の事件が五階からの墜落だったことで、五年前の忌まわしい出来事を思い出してしまったんです」

「忌まわしい？」

「五年前の今日、それも《X》が墜落した時間とだいたい同じくらいです。センター担当のナースの一人が、同じ大学棟の五階から飛び降り自殺したんです」

「ああ、あったなあ、そんな事件……」

それは記憶の隅にあった。その時は関東医科大学附属病院の系列病院に出向していたことも同時に思い出した。ただ詳しいことは吉村は知らなかった。

「ですから、〝血文字〟をナースたちが見るようになったのが、《X》の〝墜落〟の直後からなんですが、今日が、五年前に同じ五階の窓から飛び降りたナースの命日なんです。自殺したナースの魂がまだ彷徨っているとか、恨みが忘れられず浮かび上がってきたとか、つまりそんな風な流れとなっているんです」

「なるほど。で、五年前にナースが自殺したのは何が原因だったんだ？」

吉村は身を乗り出した。

「パワハラです」

美里が即答した。

「パワハラ？　誰からの？」

「ナース長です」

「それ、本当なの？」

吉村が訊いた。

「あれはもうイジメでした。ナース長はいつも彼女を怒鳴りつけ、無理難題をふっかけていました。五年前にいたナースなら誰もが知っている話です」

「なぜそこまで？」

吉村はそこに関心を示した。

「ここからは噂です。そのナース、女性の目から見てもモデルのような美人だったんですが、男性の誰からもチヤホヤされていたことに嫉妬していたとか、結婚している教授を彼女が寝取ったとか、いろいろな噂がありました」

頭を振った吉村は苦笑せざるを得なかった。

美里はさらに続けた。

「でも他の噂もありました」

「他の噂？」

「飛び降りた場所が場所だったこともあり、院長か教授のうちの誰かに彼女がセクハラされたとか、不倫の末に捨てられたことを苦にした結果だ、という噂も流れたんです」

「分かった、分かった。それで、その時の彼女の怨霊が命日の今日出現し、《Ｘ》を突き落とした、そしてその怨霊はまだこの辺りに彷徨っていて――そういうことになっているのか？」

吉村はそう言ってムンテラ室を見回した。

「そんなようなことを口にしているナースもいると思います」

美里は神妙な表情で認めた。

「しかし、君もそれを受け入れているとはね」

吉村がまじまじと美里を見つめながら言った。

「先生、私が受け入れている理由はまだあるんです」

「まだある？」

吉村は怪訝な表情を向けた。

「五年前に自殺したナースは遺書を手にしていたんです」

「遺書？」

美里は大きく頷いた。

「そこにはただひと言だけ書かれていました。《救い出して》と――」

吉村は思わず息が止まった。

「先生は気づかれませんでしたか？　《フォール》の《X》が先生を襲った時、同じ言葉、《救い出して！》と叫んだことを――」

「憶えている」

吉村は、動揺していることを悟られないように敢えて軽く応えた。

「しかも、さっき言いました鏡の〝血文字〟の中にも、同じ、《救い出して》という言葉が書かれていたんです」

「〝血文字〟って本当に血液なのか？」

吉村が訊いた。

「消えてしまったので分かりません」

「消えた？」

「ええ、目撃したナースたちの前で自然と消えてしまったんです。そのことでもナースたちは動揺してしまって――」

吉村はしばらく考える風にしてから美里に言った。

「美里さん、ナース長に相談した方がいいね」

吉村は、美里の話にのめり込んでゆく自分が許せなくなった。

吉村の脳裡にその言葉が浮かんだ。

《科学者としてあるまじき――》

「すでにナース長には相談しました。五年前の事件や遺書のことはその時は忘れていて話せなかったのですが、結果的にはまったく相手にされませんでした」

「今の話の内容はともかく、動揺が広がっている、というのは仕事に影響するかもしれない。教授とも相談してみるよ。だから――」

吉村がさらに話を続けようとした時、ＩＣＵエリアの方から悲鳴が聞こえた。

美里とともにムンテラ室を出た吉村は、ガウンテクニックを行った上でＩＣＵに飛び込んだ。

分厚いガウンを着てゴーグルをした一人のナースが壁にもたれて床に座っていた。

「美里さん……」

気配で振り返ったナースは唸り声を上げて必死に立ち上がろうとした。

そのナースは、確か、一ヵ月ほど前に病棟から移ってきた、静香という名前であったことを吉村は思い出した。

生命維持装置からは甲高い警告音が鳴り響いている。ベッドに近づいた吉村の目の前には予想もしない光景があった。

入室したばかりの《フォール》の患者《Ｘ》の姿がベッドの上にないのだ。

輸液から伸びるチューブとその先の腕に挿入されていたはずのカテラン針は乱暴にベッドの上に放り出され、胸腔ドレナージや尿路ラインのチューブもすべて外されて床に散乱していた。

吉村は、美里に支えられて起き上がった静香の元へ戻った。

「《X》はどこへ行った？」

「気づいた時にはすぐ後ろに立っていて、私をものすごい力で突き飛ばしてどこかへ姿を消しました。妙な言葉を発した、すぐ後のことでした」

「妙な言葉？」

吉村が訊いた。

「〝間違っていた〟と――」

「どういう意味だろう？」

そう呟きながら、ふと静香へ目をやった時だ。

吉村の目が釘付けとなったのは、美里に支えられながら静香が立ち上がった場所からベッドまでの距離だ。

もし本当に《X》に突き飛ばされたというなら、信じがたい力が発揮されたことになる――。

吉村はベッドに駆け寄った。

《X》のベッドに放り投げられたようにしてそこにある外科用剪刀を手に取った。

「患者の様子を見ていなかったのか？」

吉村は厳しい表情を静香に向けた。《X》のような精神的なバックグラウンドがあると思われる患者に対して、刃物を近くに置くことは絶対に許されない。リストカットなどの自傷行為に走ったり、攻撃性を発揮したりするかもしれないことは、ここでは誰もが知っているはずなのだ。

「すいません！」

静香がマスクと透明ゴーグルの中から謝った。

「君が持ってきたの？」

吉村は外科用剪刀とナースの顔を見比べた。

「いえ、私では――」

ナースは慌てた風に頭を振った。

「じゃあ、どうして《X》がこれを？」

「規定を知っていますので、私はこっちへは持ってきていません」

そう言った静香は困惑した表情を浮かべた。

「外科用剪刀は、いつもあっちの処置室にあるはずだよな」

吉村は、ICUエリアと初療室の間にある、医療器具や薬剤が管理された部屋の方へ一度目をやってから、再び静香へ目をやった。

「なら、《X》が自分であそこまで歩いたっていうわけか？」

吉村はそう言いながら、鎮静剤などによって管理された患者が数時間で覚醒することなど常識的にあり得ない、と思っていた。

「とにかく警備員に知らせて、オレと美里さんで《X》を探す。君はここでの仕事をしっかりと――」

静かにそう言った吉村は壁に掛かる電話機を急ぎ手にした。


大学棟の警備員が発見した時、エレベーターのドアは開いていた――いや、それは違った。エレベーターのドアは、閉まろうとした時に、そこに横たわる女性の頭に何度もぶつかっては開くという動作を繰り返しているのだ。

警備員が思わず唾を飲み込んだのは、ドアがぶつかる合間に見せた女性の口元へ目をやった時だった。

舌がだらしなく外に飛び出しているのだ。

美里とともに吉村が通路を曲がった時、警備員が顔を引きつらせてその場に立ち尽くしていた。

「あっ、先生！　今、連絡をしましたのは私です！　こちらです！」

警備員が慌てて言った。

吉村は十メートルほど先にあるエレベーターの入り口で倒れている《X》を見つけた。吉村は思わずたじろいだ。開け閉めするドアが女性の頭に何度もぶつかり、その度に激しい音が廊下に響き渡り……。吉村にしてもゾッとする光景だった。

「早くドアを開けて!」

吉村が警備員に早口で指示した。

警備員は慌てて《X》の体を慎重に避けながらエレベーターの中に入った。

警備員が〈開延長〉ボタンを押したことでようやくドアの動きが止まった。

——彼女、いったいどこへ向かおうと?

一瞬、そう思った吉村だったが、自分がやるべきことに気づいた。

吉村は急いで床に俯せで倒れている《X》の元に走り、その傍らにしゃがみ込んだ。

《X》はカッと目を見開き眼球を零《こぼ》れそうになるほど剝《む》き出している。

目が釘付けとなったのは、《X》の右手の五本の指だった。

リノリウムの床を掻きむしったのか爪から出血していた。

しかもフロアーボタンを押そうと必死に這っている途中に恐らく総腸骨動脈から再度の大量出血を起こし、出血性ショックから心肺停止となったように思えた。

——《X》は、ボタンを押そうと最後の力を振り絞ったんだ……。

急いで呼吸を確認し、橈骨動脈を測った吉村は、さらに白衣の胸のポケットからペンライトを摑んで《X》の瞼《まぶた》をこじ開けて瞳に光を照《あ》てた。

「とにかく初療室へ運ぼう」

吉村がそう言った時、もう一人の警備員がストレッチャーを運び入れてくれた。

《X》を載せて急いでストレッチャーを押す吉村が呟いた。

「《X》がそこまでして行きたかったのはどこなんだ……」

それを耳にした美里が引き継いだ。

「彼女が《間違っていた》と言ったことから考えると、五階以外のどこかに行きたかった、そういうことですね?」

「しかも恐ろしいまでの執念で——」

吉村が彼女の爪からの出血を思い出しながらそう口にした。

2日目　午前9時過ぎ

ＩＣＵに隣接した低度治療室《LMC》を十数人の医師たちを従えて歩いていた救急医学教室の主任教授で高度救命救急センター長でもある林原《はやしばら》は、ぬいぐるみで満たされたベッドの前で足を止めた。

ベッドには、酸素供給用カニューレを鼻に挿《い》れた、美樹《みき》という名前の四歳の女の子がだらしなく口を開けたまま寝ていた。

「元気そうだね」

そう言って付き添う母親に微笑んだ林原は、ベッドの足元に掛けられたＩＣＵ経過表を手にとって目を落とした。

「これからだね。お母さん、どうかがんばりましょう。でも、あなたも無理をされて倒れられたら元も子もない。しっかり休んでくださいね」

林原は優しい口調で言葉を投げ掛けた。

母親は、握りしめていたハンカチで目尻を拭うと、

「どうかお願いいたします」

と言って、深々と頭を下げた。

医師たちを引き連れて林原教授がそこを去るのを見ながら、主治医である吉村は母親に近寄らずにはおれなかった。

その女の子は、一週間前にごくごく小さなピーナッツを一粒気道に詰まらせて意識を失った状態で運ばれてきてから目を開けることはなかった。本来なら、ＩＣＵで隠語として言うところの〝ベジタブル〟、いわゆる脳細胞が機能停止した回復不能の状態となるところだった。

しかし、林原教授が〝これからだね〟と言ったのは、単なる慰めの言葉ではなかった。ピーナッツで気道が塞がれ酸素が遮断された時間が短かった。ゆえに脳機能が活動していることが臨床的に確認されていた。後は、この子が元々持っている回復力次第だった。

「お母さん、教授が仰ったことは気休めじゃありませんよ。美樹ちゃんの快復まで全力を尽くします」

吉村は語気強く言った。

「ありがとうございます」

母親は涙を湛《たた》えた目で吉村を見つめた。

教授回診の〝大名行列〟へ戻った吉村が、医師たちと足を向けたのは、ICUの隣の、ここでは《頭部屋《あたまべや》》と隠語で呼ばれる、八床のベッドが並ぶスペースだった。

ここはその名の通り、脳梗塞《のうこうそく》や脳出血など頭蓋内疾患の患者を集中的に治療するエリアだ。「頭部屋」の出入り口には重厚なドアがある。それによってICUとは区切られていた。

頭蓋内疾患の患者へは低体温療法が取られることもあるから独立させているのだ。

もう一人の当番リーダーである宇佐見《うさみ》が、自分が主治医を務める患者の元へ、林原教授を誘《いざな》った。

そこには剃髪《ていはつ》した頭を包帯で巻いた、開頭《かいとう》手術を終えたばかりの女性が横たわっているのが吉村の目に入った。

ベッドにあるICU経過表には、氏名が書かれるべきところに《X-12》とある。

つまり彼女もまた氏名不詳の《救急患者X》なのだ。

ベッドの横の椅子の上に置かれた、大きな赤と緑の花柄がプリントされた手提げバッグの中には、身元が分かる物は何もなかったのだ。

「脳圧の上昇はないし、他も順調だね」

林原教授が所見を述べた。

「これからの経過を慎重に診ていかなければならないね。気をつけなければならないのは脳圧の上昇と感染防止。いいね」

「分かりました」

宇佐見は慇懃《いんぎん》に答えた。

「それはそうと、この患者さん、未だに《X》なんだろうけど、さっき事務次長の三田村《みたむら》さんから聞いた話では、彼女は最初、一階の受付に来て何か尋ねていたらしいね？」

林原が宇佐見に訊いた。

吉村は、いつもニヤけた顔で歩き回る、病院の事務局のナンバー2、三田村の姿を脳裡に浮かべた。事務局は病院経営を支えている重要な部署である。だが、吉村にとっては〝伏魔殿〟とも言うべき存在だった。金を集めることなら表と裏を使い分けてでもやり通す者たちが跋扈《ばっこ》する事務局。幹部たちはいずれも仲が悪く、怪文書が飛び交ったことも一度や二度でないことを知っていた。

その中でも、特に、本音を決して表すことがない三田村は、得体のしれない男だった。三田村には〝野望〟があって、それは事務長ポストどころではない、という噂があることを思い出した。

「ええ、私も聞いています。何でも、倒れる前に総合受付に姿を見せて〝『大学棟』の六階へはどう行けばいいか〟と訊いていたというんですが……」

宇佐見がそこで口ごもった。

「まさか彼女、ウチの学生さん？」

林原が訊いた。

「いえ、見た目、若くても三十代後半かと――」

吉村は、そんなことより、さっきから林原教授がチラチラと自分に視線を向けることが気になっていた。

《頭部屋》から出た時、林原教授が吉村を呼び寄せた。

「後で私の部屋に」

林原教授はそれだけ囁くと、再び〝大名行列〟の先頭に立って歩き出した。

吉村は、ついに来たな、と覚悟を決めた。

昨夜の騒ぎについて責任が追及されるのだ。

吉村は急に胃が締め付けられる思いがした。


地下の病理検査室や放射線区域の脇を通り抜け、さらに電源室や機械室に繋がる通路から「大学棟」に辿り着き、そこで階段を上って三度ほど角を曲がった一番奥にあるエレベーターを使って五階の教授室エリアに吉村はやっと足を踏み入れた。建て増しが続けられてこんな複雑怪奇な構造となっていることに吉村はあらためて苦笑した。

院長室を取り巻くように左右に並ぶ、各専門科の教授室は、一般の人たちが想像するよりも遥かに殺風景で、ドア一枚の先にあるのは、八畳ほどの狭い空間であることを吉村はその前に立って思い出していた。

「どうぞ」

ノックをすると明るい声が返ってきた。

ドアを開けると、救急医学教室の主任教授である林原は受話器を耳にあてていたが、身振りで中へ入るように指示し、仰々しい態度で足を進める吉村に、小さな会議用机の前に座るように目配せで促した。

電話を終えた林原はコンパクトな冷蔵庫から緑茶が入ったペットボトルを取り出して吉村の前に置いた。

恐縮して立ち上がった吉村に、「そのまま、そのまま」と笑顔を投げ掛けた。

お茶をひと飲みしてから窓の前に立った林原は、ブラインドカーテン越しに神社の森を見下ろし、吉村に背を向けたまま口を開いた。

「君の責任ではない」

「はい」

吉村が無言のまま頭を下げた。

「事実関係からも明らかだ。手術記録やＩＣＵ経過表を見ている限り、医療過誤的なものはない。患者自身で転倒したその衝撃による再出血でのショック、そういうことだ」

「ただ……」

「そこから先は君の領域ではない」

林原教授が遮った。

「事故という外因死であるゆえに警察の検案は受けることになる。ゆえにそれを考えるのは警察だ」

「分かりました」

だが吉村はそのことに困惑していた。

「ただ、ベッドから出ようとして転落したことによる再出血というのなら分かりますが、あの状態で、患者本人が歩いてあそこへ行ったということは信じられません……」

「それもまた君が考えることではない」

林原はゆっくりとした足取りでソファに腰を落とし、吉村に向かって隣に座るよう身振りで指示した。

「ともかく君には、がんばってもらわないといけないんだ」

林原が吉村を見つめて言った。

「分かっております」

吉村が素直に応えた。

「半年後に私が就任予定のトラウマセンター長として組織を上手く運営できるかどうかは、主任として抜擢するつもりの君の活躍如何なんだ。本当に頼むぞ」

林原が念を押した。

「過分なご配慮に感謝しております」

吉村は頭を下げた。

「私はね、何も個人的な名誉とかそんな狭隘《きょうあい》な話をしてるんじゃないぞ。安全対策の進歩によって外傷患者が少ない今、特に多発外傷の患者が少なくなっている現状は、逆に悲劇を生んでいる」

吉村は黙って頷いた。

「不幸にも外科医のスキルを上げられず、その結果、せっかく救命救急センターに運ばれてきた患者に対し、医師の手技の未熟さや優先順位の判断ミスで〝救えるはずの命〟を救えないという悲劇的な事態が全国で広がっている。トラウマセンター構想は、外傷患者をドクターヘリなどで県外から広域搬送し、集中治療することで〝救えるはずの命〟を救うためのものだ。この国のために必ず成功させなければならない――」

林原は一気に捲し立てた。

「日本と日本人を憂えていらっしゃる教授の崇高なお考えにはいつも敬服しております」

吉村が言葉を選びながら言った。

「まあ、そういうことだ」

林原は大きく息を吸い込んだ。

「とにかく今回の《X》については、亡くなった以上、もはや医学の出番はない。警察の仕事だ」

林原は締め括った。

「ところで、センターのナースステーションで妙な噂が広がっているそうじゃないか」

「実はそれにつきまして――」

「どうでもいいから早く収めろ」

林原に遮られた吉村は説明するタイミングを一瞬で失った。

「そもそも、五年前、ナースが飛び降りた時と同じこのフロアーから飛び降りるとはな――」

林原教授が口ごもった。

「とにかく、センターでの騒ぎは勘弁してくれ。トラウマセンターの発足まで大人しくさせてくれないか。頼むよ、吉村先生――」


ＩＣＵに戻った吉村は、壁掛け時計を振り返った。

午前九時半――。

本来なら、搬送患者がいなければ仮眠室で泥のように寝ている時間帯である。

だが今日もまた、ＩＣＵの何人かの患者から目が離せず、次の当番と入れ替わる夕方を過ぎても帰れそうにないな、と吉村は溜息混じりに覚悟した。

一昨日ＩＣＵに入室した重篤な腎不全患者への新しい投薬オーダーについて担当医と協議

する必要があった。ＩＣＵでの投薬は、吉村に言わせれば〝芸術的〟で微細な戦術が必要である。ゆえに時間をかけて話し合う必要があるのだ。

ＩＣＵに足を踏み入れた吉村はナースデスクに歩み寄って、入室記録ブックに目を落とした。

昨日、初療室に運び込まれてきた重篤な症状の患者だけでも四名に及んでいた。それはいつもの入室者の数とそう変わりない人数だったが、吉村は大きな溜息をつかずにはおれなかった。

「先生――」

美里が近づいてきた。

「今、ちょっと、お話をさせてもらってもよろしいですか？」

一度腕時計に目をやった吉村は、

「少しなら」

と言って頷いた。

「ずっと気になっていることなんですが、《Ｘ》は大学棟までどうやって行ったんでしょう？」

美里が囁き声で訊いた。

「オレもさっきそのことを考えていた。まず妙なのは、なぜあんなに早くあそこへ到達できたかだ」

「そうですよね……」

　美里は困惑する声で言った。

「ＩＣＵから大学棟へ行くまでは外に出たとは思えない。ならば必然的に内部を通ったということになるが、その経路は早足で歩いたとしても十分はかかる」

「確かにそうです――」

「それよりなにより、隣接する病院と大学の建物とは、隣接するとは言っても、増築の上に増築を重ねてきたお陰で、行き来をするのに、病理検査室、放射線区域、電源室、機械室などを経ての、複雑怪奇なルートとなっており、慣れた者でも迷うことがある。にもかかわらず《Ｘ》は迷うこともなくこんなに早くどうやって……」

「先生、それと、《Ｘ》のあの言葉――」

　美里が吉村の顔を覗き込むようにして言った。

「《間違っていた》か？」

「ええ」

　美里が頷いた。

「昨夜も言ったと思うが、彼女が目指していたのは五階ではなかったということじゃないか。しかし、それがどこだったかはもはや……」

　吉村はハッとしてそのことを思い出した。

「《Ｘ》の遺族はまだ見つかっていないの？」

「そのようです」

「じゃあ、娘さんは？　どこにいる？」

「娘？　ああ、先生が昨日、見かけられたと仰る小さな女の子のことですね。私も今朝、先生の言葉を思い出して探してみたんですがどこにも――。ナース全員にも訊いたんですが……」

美里は残念そうに顔をしかめた。

「そうだ、あの時のナースだ……」

そう呟いた吉村は、怪訝な表情を向ける美里を置いて小走りにＩＣＵを出て、ナースステーションへ足を向けた。ナースステーションの入り口で中を見渡した吉村は、女の子の世話をしていたナースの姿を探した。

「先生、どうかされました？」

振り向くとナース長の秋子が不思議そうな表情をして立っていた。

「小さな女の子はどこに？」

吉村が訊いた。

「女の子？　誰ですそれ？」

秋子が訝った。

だが吉村はそれには応えず、

「ナースさんは？　女の子を保護した、あの若いナースさんはどこに？」

と呟きながら吉村はナースステーションの中に入っていった。

「先生、いったい誰を探してらっしゃるんです?」

吉村の背中を追う秋子がたまらず訊いた。

「昨日の《フォール》の《X》の娘と思われる、猿のぬいぐるみを持った小さな女の子が初療室に来てね、その女の子をこちらのナースさんに保護してもらって……」

そう説明をしながら吉村が何度も首を回したが、女の子も、そのナースの姿もなかった。

「ナースの名前は?」

秋子が訊いた。

「分かりません。とにかくあのナースと会いたいんです」

吉村が訴えた。

呆れた表情で他のナースと顔を見合わせた秋子が言った。

「ここのナースは、みなこれを付けているんですよ」

秋子は胸に付けている名前付きのプレートを指さした。

「ご覧にならなかったのですか?」

秋子の言葉で吉村は記憶を辿った。

あのナースの胸には……。

――付いていなかった……。

そうだ、あのナースは、名前のプレートを付けていなかった……。

「ここのナースじゃない。病棟の方かも……」

「参考までに、先生がお見かけになられたそのナース、どんな女性でした？」

秋子が訊いた。

「確か……おさげにした淡いブラウンの髪の毛が揺れていて、唇の傍らにある黒いホクロが妙に色っぽくて……ああ、それにケガでもしたのか、右足を少し引き摺っていましたね……」

吉村がそこまで言った時、秋子の表情が一変した。

目を見開いた秋子は口に手を当てて後ずさりし、本棚に背中がぶつかった。

ふと周りへ視線をやると、テーブルでコーヒーを飲んでいたナースが愕然《がくぜん》とした表情を浮かべ、手にしていたカップを床に落としていた。またその隣では、もう一人のナースが顔を引きつらせている。

怪訝な表情を向ける吉村に秋子が掠《かす》れた声で訊いた。

「先生、それを見られたのはいつのことです？」

「ですから今、言ったように、昨夜、《フォール》の《X》の治療にあたっていた時のことです」

「昨夜……その日は……あのナースの……」

秋子はそうたどたどしく言いながら、落としたカップを拾おうとしないナースと、その隣に座るナースと交互に見つめ合った。

「何のことです？」

吉村は秋子とナースたちの顔を見比べながら訊いた。

「あのナースの命日……」

秋子の声は掠れていた。

「いったいそれって——」

吉村は、昨夜の美里の言葉を思い出した。

〈五年前の今日、それも《X》が墜落した時間とだいたい同じくらいです。センター担当のナースの一人が、同じ大学棟の五階から飛び降り自殺したんです〉

「まさか……自分が見たものは……」

そこまで言って吉村は苦笑した。何をバカなことを言ってるんだ——。

だが秋子へ視線を向けると目を一杯に見開いたままナースステーションから急ぎ足で出ていった。

そしてそれを追うように二人のナースも慌てたようにナースステーションを後にした。

ナースステーションを飛び出した吉村は、一般病棟の一階にある事務局へと急いで向かった。

だが事務局でも、女の子のことを知っている者は誰もおらず、ナースのことに反応する職員もいなかった。

吉村は事務次長の三田村に頼み込み、センターに設置された防犯カメラの昨夜の映像を見せてもらった。

三田村を含めた事務員たちが怪訝な表情を向ける中、吉村は必死に再生した映像を見つめた。

まず吉村が探したのは、ストレッチャーに乗せた《フォール》の《X》をアンギオ室へ連れていくため初療室を出た時間だった。

記憶を頼りにその時刻の画面を再生した。

——写っていない……。

小さな女の子の姿が録画されていないのだ。

——どうして……。

吉村は訳が分からなかった。

ただ、そのことに気づいた。

昨夜、その女の子が立っていた場所は、カメラの撮影範囲からはギリギリ死角になっている……。

吉村はそれでも今度は女の子を連れていったナースを探した。

しかしそれもまた録画映像になかった。

ただ、そのナースがどこに立っていて、どこへ向かったのか、それがカメラの撮影ゾーンに含まれるのかどうかの記憶はなかった。

吉村は、別のDVDディスクを取り出して再生装置にスロットインした。

流れ出した映像を見て、吉村は思わず舌打ちした。

それは二日前の映像だったからだ。しかも大学棟の一階のエレベーターを写した映像だった。

溜息をついてDVDディスクを取り出そうとしたその手が止まった。

——これって……。

吉村は急いで巻き戻して、あるところで停止させた。

エレベーター前に立つ女性がカメラの方向に振り向いた、その瞬間が目の前にあった。

——間違いない。《頭部屋》の《X》だ……。

二日前、一般外来のトイレで転倒して外傷性くも膜下出血を起こし、緊急手術が行われ、今は、ICUに隣接した《頭部屋》にいる《X》であることは間違いなかった。

その証拠は、女性が手にする大きな赤と緑の花柄がプリントされた手提げバッグだ。

今日の教授回診でも目にしたばかりだった。

映像で見ると、彼女は、キョロキョロしながらエレベーターに乗り込んでゆく。そして迷った挙げ句、どこかのフロアーボタンを押した。どのフロアーかまでは見えなかった。

何げない映像だったが、吉村の目はそこへ釘付けとなった。

映像の右下に表示される時刻が、〈22：18〉とあった。

彼女がトイレで倒れる直前の光景だった。

――こんな時間に彼女はいったい……。

その時、吉村の脳裡に草刈刑事の言葉が浮かんだ。

〈彼女は何をしようとしていたのか……。もしかすると院長室か教授室で何かを探すためにに――〉

――彼女もまた、《フォール》の《X》のように、五階の院長室か教授室で何かを探すために大学棟へ行こうとしたのか……。

胸ポケットのPHSが鈍い音とともに振動した。

「先生、《頭部屋》にお越し願えませんか？」

小林からだった。

「ICUの治療がちょっと手間取ってしまいまして、大変申し訳ありませんが、《頭部屋》の回診、お願いできませんでしょうか？」

「分かった。すぐ行く」

事務次長の三田村に礼を言って事務局を後にした吉村は、今、見つけた事実を一旦、記憶の中にしまい込んだ。

そしてこれから始まる《頭部屋》でのことに思いを巡らせた。

警告音が鳴った。

吉村は急いでそこへ目をやった。

ＩＣＵの西側にあって、すべての入室者のバイタルサインを統括しているセントラルステーションの中にある十二台のディスプレイの中から、どのモニター——つまりどの入室者の警告音が鳴ったのかを美里が素早く探していた。

左から二番目に置かれたモニターのディスプレイの光が美里の顔を暗闇の中で青白く浮かび上がらせていた。

吉村が美里の傍らに辿り着くと、ＩＣＵ入室者の心電図波形やバイタルサインなどが同時表示されているディスプレイの中で、一人の患者の血圧が急激に下がっていることをモニターは警報していることが分かった。

それは《頭部屋》にいる患者だった。

吉村はサージカルマスクを顔にフィッティングし、透明ゴーグルを掛け、美里とともにＩＣＵに隣接している《頭部屋》へ足を踏み入れた。

今日の《頭部屋》は満床だった。

どの患者も重篤な脳塞栓、血栓疾患、交通事故や転倒による外傷性の脳血管障害を発病していることから、人工呼吸器の管理下にあり、睡眠薬と筋弛《きんし》緩剤《かんざい》で眠り込んだままである。

特に、吉村たちが厳重な観察を行わなければならなかったのは、昨日、開頭手術をしたばかりの女の患者だった。

ベッドに近づいた吉村は、太いドレーンが頭から伸びている、人工呼吸器を付けて意識がない女性を見下ろした。

この女性も氏名が分からず《X》のままだった。カルテ的には《X－12》と分類されている。

吉村は、昨日の朝のモーニングカンファレンスで、もう一つのチームリーダーである宇佐見が林原教授を前にして報告した内容を頭に蘇らせた。

「三十代、女性。《X－12》。一般の外来エリアのトイレで倒れた彼女が運び込まれたのは昨日の夜でありまして、外傷性くも膜下出血の所見のもと、経過観察した上で開頭手術、血腫を除去しております。今日も特に変化はなく、現在、コンサバティブな対応となっております」

「倒れた、というのは何かの基礎疾患が原因かね？」

一番前で大きく足を組んだ白衣姿の林原が訊いた。

「不整脈の所見がありますが、まだ分かりません」

宇佐見が淀みなく答えた。

「例えばそれで意識をなくし、そのまま当病院一階のトイレの床に強く頭部をぶつけた。そしてその衝撃で内出血が広がってしまった――そういうことか――」

林原が言った。

「はい、その可能性はあります。センターに運び込まれた時は、意識清明度は、ＪＣＳ－２００（皮膚をつねったら反応するが意識はない状態）であり、血圧も低下傾向であるなど危険な状態でした。よって破裂した部位を直接結ぶというクリッピング術、センターの脳神経外科《ノウゲ》専門の外科医にとって最も得意とする手技を行いました」

宇佐見は胸を張るようにして報告した。

「ただ……」

宇佐美が急に言い淀んだ。

「何だね」

林原が訊いた。

「致命的な外傷は後頭部ですが、なぜか鼻骨が骨折し――」

「待ちたまえ。それは医療ではなく法医学がやるべきこと。君が考えるべきことは、ＩＣＵでの全身管理と投薬戦術だ」

林原が遮るように言った。

――リスクはそれだけではない。

吉村は鮮明な頭でひとりそう思った。

頭蓋内疾患の術後管理では、感染症対策も重要だ。

特に、この患者のように、頭蓋内圧が亢進《こうしん》していることから、脳室ドレーンを行っている状態は最も感染症に侵される危険性が高い。ドレーンの周辺は忌々《いまいま》しいことに細菌類が増殖しやすい。しかも侵襲《しんしゅう》されれば死に直結する極めて危険な状態となるからだ。


現実に戻った吉村は、頭髪がすべて剃られ、消毒薬で頭が黄色く染まっている女性へともう一度目をやった。

頭に突き刺さるように頭蓋骨の下に直接挿入された脳室ドレーンチューブのもう一方の先は、後頭部の背後に伸び、一度サイフォンという部分に引き上げられてから、ぶら下がる排液パックに繋がれている。

脳の中に溜まった脳脊髄液や血腫はそこに吸い込まれ、透明な排液パックの中にポタリポタリと落下していた。

意識はないが、吉村はこういった患者の場合、いつも声を掛けてあげることにしていた。つまり名前を呼んであげるのだ。

しかし未だ彼女の氏名も何も分からないのだ。

吉村は、ベッドの足元にある台の上に置かれた――折れ線グラフだらけの――ICU経過表にペンライトをあてた。

〈氏名　患者《X－12》。住所――――。年齢――――〉

吉村は、救命救急事務室の職員の愚痴を零すような言葉を思い出した。

今日、最寄りの警察から電話があったのだが、

「意識は回復しませんか？」

というのんびりとした口調だったという。

しかも、

「今年だけでもこれで十三件目の身元不明患者じゃないですか？」

とまるで病院のせいとでも言いたげな雰囲気だったというのだ。その言葉の次には、警察はそんなに暇じゃないと言いたげだった、と事務職員は憤慨していたのだ。

吉村は、患者の腕を取って脈拍を測りながら、

〝あなたを心配している人はいるはずだ〟

と頭の中で呟いた。

二日経ったのに、警察署からは何の連絡もない。捜索願が出ていても不思議じゃないのに……。

脈を測り終えた吉村は、不思議そうにベッドサイドモニターに目をやった。

血圧は異常値を示してはいなかった。じゃあさっきの警告音は何だったんだ……。

不思議なことに彼女もまた、《フォール》の女性と同じく所持品が一切なかった。

吉村は、《フォールの女》の時と同様、それが信じられなかった。

彼女の顔貌から三十歳前後と思われるが、携帯電話くらいは持っているはずだろうと思うからである。

初療室に運び入れるまでのドタバタの中で誰かが盗んだか、どこかに置きっぱなしにされたのだと吉村は想像していた。

吉村は、怪訝な表情で患者を見下ろしていた。初めてそのことに気がついた。

「どうしてこんな寝方を……」

吉村が言った。

彼女の体の位置がベッドの左端にあるのだ。

吉村は声を失った。

その光景が信じられなかった。


吉村は、この《頭部屋》を巡回していたときの光景を思い出した。

真っ先に脳裡に浮かんだのは、〝あり得ない〟という言葉だった。

人工呼吸管理下の状態にあり、筋弛緩剤を投与され、意識はないはずである。

自発的に体を動かすなど絶対にできないはずなのだ。

長期間ベッドに繋がれたままの患者に対しては褥瘡《じょくそう》（床ずれ）を避けるために定期的に体位変換を行うことは常識である。だが、こんな状態の患者には、七、八人のナースたちが一緒になって慎重に行う。それだけ大変なことなのだ。

吉村は美里の他、七人のナースたちを呼び、輸液ラインや脳室ドレーンチューブに気を付けながら慎重に彼女の体を元に戻した。

その時にも、やはり相当な力が必要だった。


「どうして彼女、こんな体位になったんだ？」

吉村が呟いた。

吉村は思い出した。

《X》が体位を変えたのが二回目であることを――。

だが、一回目のことは記憶違いだと思い始めていた。

いくら何でもこんなことが二回も起きるなんてあり得ないからだ。

吉村はICU経過表を手に取ってから腕時計を見つめた。

定期的な投薬時間が迫っている。

吉村は、美里に言って薬と注射器をオーダーした。

用意された薬液をアンプルから13ゲージの注射器に吸い上げた吉村は、その針の先を、彼女の鎖骨下の太い静脈と繋がった三方活栓の側管に差し込んだ。

美里が《頭部屋》を離れていくのを視界の隅で見つめながら、ゆっくりとシリンダーを押し込んでいく。

投薬を終えた吉村がごみ箱に捨てようと後ろを向いた、その時だった。

余りに突然のことで吉村は抵抗する間もなかった。

吉村の体がふっ飛ばされ、《頭部屋》を取り囲むパーテーションに叩きつけられた。

床に転がったまま吉村は呆然として周りを見渡した。

今のはいったい何だ？　何が起こった……？

顔を歪めて立ち上がった吉村は患者を見下ろした。

だが《X》は身動きはしていないし、動いた様子もない。

何が起きたのか分からなかった。

——錯覚だったのか……。

だがぶつかった時の腰の痛みはある。勘違いではない。何かの力が加わったのは絶対に間違いないのだ。

そう、まるで治療を邪魔するかのように……。

邪魔する？

吉村は苦笑した。

何がそうするというんだ？

患者自身は意識もなく寝たままなのだ。

しかし何らかの力が自分に加わったのだ……。

吉村の目がカッと見開かれた。

その光景に目が吸い込まれ、体が固まった。

目を疑った。

今しがた体位変換したはずなのに、患者がまた左側に寄っているのだ!

そして、《X》の口から何かが聞こえるのだ。

まさか……。吉村の頭は混乱した。

もちろん気のせいだと思った。

《X》は人工呼吸器と繋がった経口気管内チューブで口を完全に塞がれている——しかもその上からテープで固定されている——のだ。呼吸数や心拍数からしても声を出せるような状態ではないはずなのだ。しかも睡眠剤や弛緩剤を使われていて……。

にもかかわらず、それは〝声〟だった。

吉村は唾を飲み込んで、《X》の口元に耳を近づけた。

か細い声だった。

えっ? 何だって?

吉村は信じがたい気持ちのまま神経を集中させた。

「彼女たちを早く救ってあげないと……永遠に彷徨い続ける」

くぐもって聞き取り難かったが、やはりそれは紛れもなく《X》の声だった。

気配がして吉村が振り返ると、歩み寄ってきた美里も呆然としていた。

顔を上げた吉村は驚愕の表情で目を瞑ったままの《X》を見つめ、またその口元に耳を近づけた。

「救って？　どうやって？」

自分の声が裏返っていることに吉村は気づいた。

「彼女たちが呼ぶ……私を呼んでいる……」

吉村は反応できなかった。

ただ自分に言い聞かせた。

彼女は意識が混濁しているだけなのだ。だから訳の分からないことを……。

だがその《X》の〝声〟は止まらなかった。

「彼女たちを早く救ってあげないと……永遠に彷徨い続ける……」

「彼女たち？　救う？　どういうことだ……」

吉村は呆然として《X》を見つめたままだった。

「その魂とは怨念だからです」

顔を上げた吉村は《X》から飛び退《の》くように離れ、さらに後ずさりした。

彼女は、オレと今、会話をした……。

だが彼女の〝声〟はそれで終わった。

吉村はただ黙って患者を見つめるしかなかった。

自分の名前を呼ばれたことに吉村はしばらく気がつかなかった。

「先生、大丈夫ですか?」

小林の声にやっと気づいた吉村は、《頭部屋》の中で自分が突っ立ったままであることに気づいた。

慌てて《X》の様子を窺ったが静かに眠っている。

「いや、別に——。で何か?」

「寝返りとか、会話したとか、どうかされました?」

「いや別に……」

怪訝な表情を投げ掛けながらも言った。

「朝のモーニングカンファレンスのため確認を——」

小林は、次の班への申し送りのための決められた事項を読み始めた。

吉村は、小林の怪訝な視線を感じていた。

恐らく、この会話が終われば言われるかもしれない。

「ところで先生、その件ですが——」

小林は吉村の反応を窺いながら続けた。

——様々に詮索されるに決まっている。

だが、ついさっき起きたことを説明できるはずもないじゃないか！

吉村は苛立《いらだ》った。

体位が勝手に変わった——しかも三回も！——ことや、彼女が自分と会話をしたことなど、理解してもらえると思う方がどうかしている……。

もとより睡眠剤で意識がないはずの患者が口にした言葉である。朦朧《もうろう》として口にしたのだ。

だから、正常ではないはずだ、と吉村は自分に言い聞かせた。

その一方で、どこか不気味な感触が吉村の記憶に残っていた。

なぜあの状態で声を発することができたのか、それもまた不可思議であり、理解できない……。


しかし小林は意外な話を口にした。

「亡くなった《フォール》の《X》についてなんですが——」

吉村は怪訝な表情で見つめた。

「自分も科学者の端くれとしてこんなことを言うのは変だとは思うんですが——」

吉村は黙ってその先を待った。

「さっき、ナースの一人から聞いたところ、もう心霊現象の話でもちきりで。五年前に自殺したナースの亡霊が、突き落としたとかなんとか、動揺が走っています。まったくバカバカしい。そうですよね、先生」

苦笑しながら小林が言った。

「まったく、小林先生が言う通りだ」

吉村がキッパリと言った。

「先生、私も最初は、ナースたちは、疲れが溜まっていて、トイレの《呪》《恨》《殺》《救い出して》っていう文字にしても、幻覚を見たのか、汚れなどでそのようなものが見えたのか、いや、きっと誰かのタチの悪いイタズラだろうと思っていました」

小林が続けた。

「しかし、話はどんどん大きくなって――」

「人間の形をした何かが浮かんでいた、そういうことか」

吉村は話を合わせた。

「いえ、そうじゃありません」

「なら、ふわっとした、白いモノ、そういうことか」

吉村はもはやまともに相手をしていなかった。

「実は、言いにくいんですが、五年前に大学棟五階から飛び降り自殺したナースが夜な夜なセンター内を歩いていると。それはさきほど先生が自らナース長に仰ったということになっています。それで一気にナースステーションの雰囲気が変わって、夜勤を嫌がるナースも……。高度救命救急センターは呪われていると……。一般外来のナースたちへも影響が広がっているようです」

「何をバカなことを言ってるんだ君は――」

「自分は科学者である、そのことは分かっています」

「なら冷静にさせるべきだ」

そう言った吉村の脳裡に、林原教授の言葉が蘇った。

〈トラウマセンターの発足まで大人しくさせてくれないか。頼むよ、吉村先生――〉

溜息をついた吉村は小林の肩を軽く叩いた。

「さあ、それはそれとして、申し送りについての細かい話は医局でやろう」

それだけ言うと、吉村はそそくさと《頭部屋》を出ていった。


小林にそう言ってみたものの、気になった吉村は、自分のすべきことじゃない、と思いつつも、内科外来のナースでナースリーダーの美里の同期である柚花《ゆずか》を訪ねた。ナースの間で噂になっていることの全貌を知りたかった。

彼女は実に不可思議な存在で、関東医科大学附属病院内で起きる様々なゴシップや人事情報を集めることに特別な才能があった。何人かの教授と関係があったとか、若い医師とも遊んでいるとか、医学関係以外の大学や病院の内部事情に疎い吉村でも彼女についてそんな噂を耳にしていた。しかし彼女の下半身の話はともかく、豊富な人脈からもたらされる情報の方に吉村は関心があった。〝伏魔殿〟である事務局の内情を教えてくれたのも柚花だった。

なぜか彼女は自分には親切に接してくれ、これまでも何かと助けになってもらっていた。しかしそれもまた彼女にとっては有益になるとの計算があるのだろう。ということはこっちの話もどこかで利用するかもしれない。つまり彼女は吉村にとって〝劇薬〟である。しかしそれでも情報を得たかった。

吉村の、病院内に漂うあらゆる噂を集めて欲しい、という頼みに二つ返事で応じた柚花が電話を寄越してくれたのは、吉村が医局に戻ってものの十分も経っていない頃だった。

人に話を聞かれたくなかったので、柚花に断ってから一旦通話を切った吉村は、玄関車寄せまで出てから今度は自分から電話をかけて柚花の話を聞いた。

「普通、こんな噂は、ナースたちはまったく無視するものですが、いろいろなことが重なって話が大きくなっているようです」

柚花が続けた。

「実は、事務局のある人に探りを入れたんですが、すべてはもちろんイタズラだと。でも気持ちがいいものではありませんね」

「しかし、目の前で文字が消えた、と言ってるらしいじゃないか？」

吉村が訊いた。

「目の前で消えた？　いいえ、事務局が文字を消したのは一時間ほどしてからです」

「えっ？　事務局が《救い出して》と？」

「《救い出して》？　そんな文字があったことは事務局の中では聞いていませんね」

柚花が答えた。

「聞いてない……」

「私が集めた情報の中にあるのは、《呪》《恨》《殺》とかで——」

「それを事務局の誰かが消したと？」

「そういうことです。でも妙なことがあるんです」

「妙なこと？」

「最初、ナースたちの訴えを聞いた警備員さんが話をしたのが事務長の杉村《すぎむら》さんです。でも杉村さんは、くだらん話にはつきあえない、と対応することを拒否され、事務局内でも徹底されたそうなんです」

吉村は辛気くさい杉村の顔を思い出した。

杉村が林原教授の推進する初代トラウマセンターの副理事長の座を三田村次長と争っている、という噂を、かつて柚花が教えてくれたことを吉村は同時に思い出した。

「じゃあ消したのは？」

吉村は訊いた。

「三田村次長と、彼の派閥にある者——」

柚花が答えた。

「ということは……」

「三田村次長には何か魂胆があるようですね」

柚花はそう言ってニヤッとした。

「ところで、そんなイタズラをした者について心当たりがあるんです」

柚花が言った。

「心当たり？」

「一年前、〝リストカット〟で運ばれてきた女性のことです」

吉村は思い出した。飲料の配送の仕事をしていた陽子という名の女性は、二週間の入院中、ICUのトイレに、リップクリームで、《みんな死ね》とか《全員殺す》などのイタズラ書きを繰り返して、スタッフたちを困らせた。

——まさか彼女が……。

吉村はさらに、寝台車の運転手をしている赤松のことも思い出した。

二年前、交通事故に遭って多発外傷に瀕した十一歳の女の子の父親だった赤松は、病院とトラブルとなり、ネットで病院批判を繰り返したり、病棟の通路の壁に悪口雑言を書き連ねたりすることまでやった。

——あいつの仕業なのか……。

吉村が疑ったのは赤松の方だった。

なぜなら頻繁に病院に出入りする彼ならば、病院の構造を知り尽くしているからだ。

吉村がふとそこへ目をやった時、五階の窓で鑑識課員が何かの作業していた。

通り過ぎようとする見知った事務局の職員を吉村は捕まえた。

「何やっているんです？」

五階を見上げながら吉村が訊いた。

「なんでもこの間の自殺の件だとか――」

職員が答えた。

吉村の脳裡に、林原教授の声が蘇った。

《トラウマセンターの発足まで大人しくさせてくれないか》

「誰の許可を？」

吉村が訊いた。

「杉村事務長です」

またしても事務長か。

首からストラップでぶら下げたＰＨＳが鳴った。

「《ＢＵＲＮ《バーン》（熱傷患者）》、それも広範囲熱傷患者を受けつけました」

小林が緊迫する声で報告した。

「状況は？」

「首都高速上で発生した交通事故での熱傷の模様です」

「交通事故で熱傷？」

吉村が訝った。

「衝突の後、車が炎上したようです」

「で熱傷の面積は広範囲？」

「東京消防庁からの報告では『60％アンドⅢ度』です」

それが最悪の「深い熱傷」を示していることをもちろん吉村は知らないはずもなかった。

急いで初療室に飛び込むと、初期研修医の村松はその場に立ち尽くしていた。

ストレッチャーの上には、衣類から露出した部位のほとんどが白く変色し、人間の皮膚とは思えないほどレザー状に変容している患者が横たわっていた。

つまり広範囲熱傷であり、四肢を赤ん坊のように縮めたまま身動きしていなかった。

「名前と年齢は？」

吉村が訊いた。

「性別女性、年齢は二十代。氏名不詳。救急患者《X－14》と仮指定しました」

滑舌よく小林が応えた。

「よし、治療台に移す前にメッシュで被う」

吉村が緊迫する声で言った。

「聞こえますか？」

美里が虚《うつ》ろな目をした女に話し掛けた。

「お名前、言えますか？」

「免許証は現場に？」

吉村が救急隊員に聞いた。

「女性は携帯していませんでした。しかも財布も所持していませんでしたので慌てて車に乗ったような雰囲気です」

救急隊員がそう答えた時、吉村は思わず美里と顔を見合わせた。

――《救急患者X》

吉村は、美里もまた同じ言葉が脳裡に浮かんでいることを想像した。

ここからが熱傷の怖いところである。

全身熱傷度が１００％の患者でも最初は自分の氏名をきちんと口にすることができる。しかし一時間もすれば劇的に容態は悪化するのだ。

特に、気道熱傷患者は悲惨である。軽い喉の痛みしかなかったのが約一時間後、気道粘膜が腫れ上がって気道を塞ぎ呼吸ができなくなって死亡するのだ。

重要なのはマンパワーだけではなく時間との勝負なのだ。熱傷を発症してからの四時間――これが生死の分かれ目なのだ。致死的な熱傷ショックへの対応はそれまでがピークであるとともに、それ以上経過すると皮膚移植が不可能となってしまうケースが多いからである。

突然、ストレッチャーの上から女性が口を開いた。

「彼女たちを早く救ってあげないと……永遠に彷徨い続ける……」

吉村は目を見開き、口を大きく開けて《X》を見下ろした。

だが《X》は目を瞑ったまま身動きしない。

「今のって……まさか……この患者さん……」

そう口にした美里を見ると激しく顔を歪めている。

「救ってあげないと、って、どういう意味でしょう？」

青ざめた顔で村松が言った。

だが村松の言葉に吉村は応えられなかった。

ストレッチャーに乗せられる前に癒着を減衰させるためにメッシュのシートで被われた女は、激痛を訴える声が言葉にならず、ずっと甲高い悲鳴を上げている状態で、数多くの熱傷患者を見てきた吉村にとっても凄惨すぎると表現する他なかった。

初療室にはすでに医局とナースステーションから全スタッフが集まっていた。

美里が衣類裁断用ハサミを使って急いで服を切り裂いた時、吉村の目に入ったのは、やはり白い羊の皮状の皮膚だった。

つまり熱傷の「深度」は想像通りだった。

熱湯による「Ⅱ度のＳＤＢ」と分類される熱傷なら、表皮がめくれても水疱の底は真皮までは至らずに赤色であり一ヵ月以内には完治する。

しかし、今、目の前にあるのは、表皮を完全に通り越して、その下にある真皮まで到達している——つまり皮膚全層の壊死《えし》が起こっているのだ。

手の指の爪はほとんどが脱落し、一部の指どうしが癒着している。それもまた「Ⅲ度：深い熱傷」の典型的な臨床像だった。

しかもその範囲は、体表面積の10％以上でも重症扱いとされ、ＩＣＵ収容が求められるのだが、この患者は手掌法やランドアンドブラウダーの表（いずれも熱傷面積の算定方法）を使うまでもなかった。ほぼ全身が損傷しているのだ。

いつもなら全体を指揮、観察する吉村だったが、今回は「執刀」の位置に立ち、それを真向かいから補助する「前立ち」に小林を命じた。

小林の顔を見つめた吉村は、普段以上に緊張していることがよく分かった。

問題は熱傷だけではないことをコイツはさすがによく分かっているようだった。

検査用の血液採取を行った吉村は注射器ごとナースに渡しながら言った。

「で、事故の概要を教えてください。誰かナースさん、血液マッチングお願い！」

挿管具の準備をしながら吉村は早口で訊いた。

「二十代、女性、高速道路上で乗用車運転中、ハンドル操作を誤り側壁に激突し、車は炎上し受傷——」

救急隊員が緊張した声で答えた。

「じゃあ発生からはどれくらい経っているの？」

吉村が訊いた。

「約二時間です——」

「どうして！　近くに、熱傷に対処できる中央東京病院があったじゃないか？　熱傷患者は分刻みの対応が必要であることはご存じでしょう！」

視線を向けないまま吉村は救急隊員を咎めた。

「ご本人が頑強にこちらの病院を希望しましたので──」

救急隊員は困惑の表情を浮かべながら答えた。

吉村は女性の焼け爛《ただ》れた顔へちらっと視線をやったがすぐに治療に戻った。

「まず熱傷ショックに対応しよう！　急速輸液を急いで！　これだけの熱傷ならば気道熱傷が必ずある。すぐに気道確保するから──」

吉村が矢継ぎ早に指示を送った。

──プライオリティを考えろよ。

吉村は、いつも後輩たちに投げ掛けている言葉を自分にも言い聞かせた。

今、致命的なのは実は熱傷だけではないからだ。

──交通事故ということから多発外傷による血管、内臓の損傷があるかもしれない。特に、血圧低下とＳｐO_2が80を切っているのが気になった。全身循環が悪化している──。それは熱傷だけが原因なのかもしれない。

ナースから血圧が下がっていることが伝えられた。

──熱傷では、血圧は下がらない。にもかかわらず、下がっているのは、ほかの合併損傷を疑わなければならない。多発外傷ならびにどこかでの出血のチェックが必要だ！

「腹部エコー頼む！　ナースさん、写真用意！」

吉村が立て続けにオーダーしながら気管内挿管具を手に取った。

「よし、そのまま、そっち、首を、そうゆっくりと持ち上げて。よし、今、入れるから――」

吉村は慣れた動作で、気管内挿管具で気道を開き固定し、気管内チューブを気道の奥深くに突っ込んでベンチレーターに繋いだ。

「エコー所見で、上肝《じょうかん》（肝臓の一部）損傷が認められます」

サードの藤田が緊迫した声で告げた。

――肝臓だって！

吉村の顔が歪んだ。

だったら肝破裂により出血している――。

いや、他の臓器にダメージがある可能性もあるのだ。つまり多発外傷に対する緊急手術が絶対に必要であるべきところ、救命措置的な高度熱傷に対応しなければならないという最悪の事態だった。

しかもまだ見過ごしている体の中の異変があるかもしれないのだ。

吉村の危惧は当たった。

「収縮期90です！」

「トリプルルーメンのiv《アイブイ》（中心静脈）ラインで入れよう！」

「ＳｐＯ$_2$低下です！」

「ｐ／ｆ ｒａｔｉｏ（呼吸状態を評価する指標）は？」

「３００です！」

「肺が最も重篤なＡＲＤＳ（急性呼吸窮迫）で、ＡＲＩ（急性呼吸障害）寸前じゃないか――」

「外傷性気胸《ききょう》の疑いがあります！」

小林はそこで手を止め、マスクの上から吉村へ鋭い視線を送った。

――究極の選択をしなければなりません。

小林の目がそう言っていることが吉村には分かった。

「Ⅲ度」という最悪の「深い熱傷」――しかも熱傷範囲が60％では熱傷ショックからすぐに死に至る可能性もある。

60％の熱傷範囲は高度救命救急センターがこれまで救命した限界に近い。

一方、肝破裂でも出血多量から他の臓器へのダメージが大きくＭＯＦ《モフ》（多臓器不全）に陥る危険性が高い。

小林がマスクの上から自分へ険しい視線を向けているのが分かった。コイツも壮絶な事態を認識しているのだ。

「熱傷、外傷、両方へ対応する」

吉村は冷静にそう言い放った。

どちらかの選択をしても死亡する可能性は非常に高い。両方やるしかない——その気持ちだけだった。

開腹術をすればそれだけ身体への侵襲も大きく、それでなくとも弱っている全身循環をさらに悪化へ導く結果となる可能性は高い。

しかし何もせずにこのまま放っておくわけにはゆかない。しかも明らかに肝臓からの出血があるにもかかわらず、そのまま死んでゆくのをただじっと見つめていることなどできるはずもなかった。

しかしその先は、厳しい選択が必要だった。

「まず出血を抑える手術だ。それを行ってからアログラフト移植を行う」

吉村は続けた。

「熱傷部位のうち、将来生きていくために欠かせない部位以外は積極的に切除、切断する。ゆえに焼け残った親指と人差し指だけは残し、後の指はすべて根本から切断。さらに損傷の激しい右足も、もはや深い部分でのダメージが大きすぎ、重篤な感染症の危険性があることから切断する」

全員が頷くのを確認してから吉村が言った。

「オペ室、オーダーしてください！」

吉村は小林を呼び寄せた。

「末梢側の血行障害や壊死の危険性を排除するために減張切開で体の背側面の表皮にメスを

入れる処置をしてから、糜爛《びらん》しているところには抗菌薬含有軟膏を全身に塗りたくり、アログラフト移植を行う。トキソイド0・5静注で――」

そう言った吉村は、バイタルサインの安定どころかショック状態に陥りつつあることで、決断はもはや揺るぎない、と腹を括った。

吉村は壁掛け時計へ目をやった。

――オペ室の立ち上げ、急いでくれ！

それは祈るような思いだった。

初療室に束の間の静寂が戻った、その時だった。

「先生――」

女性患者に繋ぐ手術のためのチューブなどを処理していたはずの美里が吉村を呼んだ。

「彼女が話を――」

大きく目を見開いた美里が言った。

怪訝な表情で吉村が女性患者へ目を向けると、確かに何かが聞こえる。

――まさか……気管内挿管をしているから声を出すことなど――。

吉村は驚愕の表情で美里と見つめ合った。周りを見回すと自分たちに視線を向けている者は誰もいなかった。

吉村は女性の顔に恐る恐る近づいた。

「彼女たちを早く救ってあげないと……永遠に彷徨い続ける……」

吉村は信じられなかった。ちゃんと言葉が発声されている……。

――そう言えば、さっきも同じようなことを……。

治療に集中していたことで流していたが……。

吉村は、またしても美里と急いで視線を交わした。

美里もまたそのことに気づいたという風に大きく目を見開いていた。

――同じような言葉を聞いたのは、この二日間で四度目で、それも三人の《X》から、そして朦朧とする意識下で……。

精神医学の症例の中でこんなことがあっただろうか……。

美里は異常なことだという風に瞬《まばた》きを止めている。マスクをしていてもその顔を引きつらせていることが分かった。まるで泣き顔のようにも思えた。

壁掛けのインターフォンが鳴った。

応答したナースが声を上げた。

「オペ室、ＯＫです！」

女性患者と美里たちスタッフをオペ室へ送り出した吉村は、思わず頭を振った。そしてさっきの女性患者の言葉を頭から拭い去ろうと努力した。

「どうかしましたか？」

小林が声を掛けてきた。

「いやいい。それよりエコーの結果を見よう」

小林とともに隣室へ足を向けた吉村は、デスクの上にあるパソコンのディスプレイに表示されたエコー映像を見つめた。

「肝左葉《かんさよう》（肝臓の左部分）及び右葉《うよう》の内側区域から前区域に至る広範な低吸収域が認められるな」

吉村がエコー写真の所見を口にした。

「つまり、Ⅲb型肝損傷に伴う出血性ショックと診断できるというわけですね」

小林が言った。

「エコーや腹部の膨満《ぼうまん》から腹腔内出血は明らかで、ショック状態にいつ陥っても不思議じゃない。もはや緊急の手術適用が妥当だ」

吉村が続けた。

「リスクは高い――」

吉村が慎重にそう言ってさらに続けた。

「しかし、重症腹部外傷だったとしても、低体温、アシドーシス、凝固異常などのリスクとは常に背中合わせだ――」

「仰る通りかと。先生が積極的なるダメージコントロールを選択されたことに賛同いたします」

小林が言った。

頷いた吉村が全員を見回した。

「執刀はオレがやる」

腹部の緊急開腹術を開始した吉村は、サージカルマスクの中で術中所見を口にした。

「エコー所見通り、大量の腹腔内出血を認めた。出血点は肝臓である。左葉が完全断裂し、右葉は前区域に長さ6センチ、深さ3センチの裂傷を確認――」

吉村は、まず右葉の裂傷部を指で圧迫して出血を抑え、その間に医療用接着剤ブロリンにて止血した。

ピーピーピー！　バイタルモニターの警告音が鳴り響いた。

「血圧測定不能です！」

「エピネフリンをすぐに静注！」

吉村ができるだけ冷静な口調で言った。

「体温33度――」

――もはやこれ以上、手技は困難だ。

そう判断した吉村は、左葉をマットレス縫合してから医療タオルを横隔膜《おうかくまく》、肝左葉断面と肝臓下に押し込み、一気に完治を目指すよりもダメージコントロールを優先した。

吉村は最後に、内視鏡《ないしきょうか》下で「早期経管《けいかん》栄養」としての胃瘻用のチューブを腹部に設置して手技を終えた。

医療用クリップで腹部を留めただけで女性患者はＩＣＵへ入室し、一番奥の感染症対策が施された〈１０４号〉という個室が用意されることとなった。

「腹部膨満が引かないな――」

女性を見下ろす吉村が顔を曇らせた。

「術中輸血は濃厚赤血球30単位、新鮮凍結血漿《けつしょう》15単位――問題ないはずだが……」

吉村が独り言のように言った。

「膀胱内圧のモニタリングを始めましょうか？」

美里が訊いた。

「頼む」

厳しい表情のまま吉村が頷いた。

「ハートレートが伸びています」

ストレッチャーに装着された輸液システムを見つめる美里が、徐脈寸前であることを申告した。

「低血圧ショックか――」

吉村は、人工呼吸管理下に置かれた女にアログラフト移植を再開しながら告げた。

「全身状態はまだ不安定だが、早期の移植によって全身部のかなりの部分が改善されつつある。たぶん若さゆえだろう」

移植したすべてではないにしろ、一部でも真皮コラーゲンによってピタッとくっついてくれる、と吉村は信じた。

アログラフトとは、死亡した人間の皮膚を採取してマイナス85度で保存させている〝生きた医療素材〟のことだ。このアログラフトが適用されるようになった現代に生きている彼女は幸せだ、と吉村はふとそんなことを考えた。スキンバンクによって保管されている凍結アログラフトのシステムが作られたのはそんなに昔の話ではない。

ごく最近なのだ。世界の医療現場ではとうの昔に行われていたが、ずいぶん遅れたのは、日本の医師の世界の悪しき慣習からであることは、誰も口にはしないがほとんどの医師が知っている。

つまり、真皮移植やスキンバンクのシステム研究は欧米において古くから研究し尽くされ、日本の医学界がやろうとするとすべてが二番煎じであった。

かつて〝二番煎じ〟は日本の医学界では完全に御法度だった。大学病院の勤務医にとっての最大の優先行為は論文を書いて華やかに学会で発表することであり、しかもその内容は〝世界に先駆けて〟のものでなければならない。

ゆえに研究し尽くされた皮膚移植の世界は、日本の医師にとって何の魅力もなく、進歩してこなかった――それが偽らざる理由なのだ。

吉村は、ＩＣＵ経過表を覗き込んだ。炎症や感染症レベルを測るＣＲＰもそれほど顕著な増加をせず、最も怖れた感染症の心配は今のところなかった。

林原教授や助教授も集まってきて患者を取り囲んだ。

誰もが信じられないといった顔つきをしていた。

それもそうだろうと吉村は彼らの気持ちが分かった。

重症な熱傷にもかかわらず開腹手術にも耐えられた彼女の体は、もはや信じがたい生命力としか言いようがないからだ。

最も驚いているのは手技をやり遂げた吉村本人だった。

いつもなら自分の手技の素晴らしさに胸を張り、饒舌にもその手技を縷々《るる》語るところだがさすがに今回は違った。

正直言って、すでに手術前のあの時、自分も含め、あそこにいた医療スタッフたちは、肝臓に大きなダメージがあることが分かった段階で覚悟を決めていたはずだ。もはや——。

しかし、今はまだダメージコントロールの段階であり、また感染症や合併症の危険性はこれからであるとはいえ、少なくともここまで持ちこたえているのは奇跡であるとしか言えなかった。

吉村も自分の技量が誉められないことに不満を持つ気持ちはまったくなかった。それどころか彼もまた患者の生命力に驚嘆していたのである。

吉村は真皮移植の〝現場〟から視線を尿パックへ流した。

「熱傷による高度の脱水で腎機能障害が起きているかもしれない。まず持続的な血液の浄化濾過透析《ろかとうせき》から始めよう。それで腎機能が改善したらラシックス、20ミリでいこう」

美里は吉村のオーダーを素早くメモに書き取った。

林原が進み出た。

「尿自体は一杯出ていたとしても腎臓の機能は濃縮して老廃物を一杯出しているかどうかだろ。水みたいな尿を一杯出していても意味がない。どれくらい老廃物を出しているかが重要であり、C_{H_2O}（自由水クリアランス）のリアルタイムでのモニターは必要だよ」

「分かりました」

吉村が頷いた。

吉村は女性患者に軟膏を塗り始めた。

「スワンガンツカテーテルを使って、カーディアックアウトプット（心拍数量）の継続した値を見よう。全身末梢血管抵抗、肺血管抵抗、心拍数量などいろいろなデータが出てくるからそれでまた戦術を判断しよう」

吉村は隣に立った小林に言った。

「はい、分かりました。それと並行してエジェクションフラクションで、心臓収縮が弱くポンプの機能が落ちて40％以下になっていないこともチェックする必要がありますね——」

小林の言葉に頷いた吉村は、今後行う肝臓の再手術を頭に思い浮かべた。

「肝臓のモニターシステムとして集中治療領域レベルだけで行っている『ＡＫＢＲ』（肝臓細胞のミトコンドリアレベル）で、どれだけの酸素を取り込んで働いているかを診る必要があるな。美里さん、その準備を今から始めてくれますか」

さすがに疲れた表情を隠しきれない吉村は、医局へと足を向けた。

仮眠室に寝転がった吉村の脳裡に、最近、よく見るあの夢がまた流れ始めた。

解剖学実習室には人気はほとんどなかった。

二人の同級生を前にして吉村は剪刀《メス》を握った。

外表を切ったら胸筋《きょうきん》を少し持ち上げながらさらにメスを入れ、胸骨から剝がしてゆく。

大胸筋と肋間筋《ろっかんきん》を切り落とし、胸骨にへばりついているものをすべて剝がす。

「上手いな、吉村。お前みたいに上手い奴は綺麗に切れるが、下手な奴は何時間もかかる」

同級生の一人が言った。

「下手な奴はいつまで経っても上手くならない」

吉村は自慢げにそう口にした。

胸の筋肉は左右に分けられて自然に開いた。

胸骨があり、その下に肺が見える。

弓なりになったハサミに持ち替えた吉村は、胸骨を一番下から切ってゆく。柔いものなので簡単に切れる。ジャリッという音がした。

軟骨の外側を上に向かって切ってゆく。切り終えるとポンと簡単に外れた。すると左右に赤黒い肺が見える。

肺門《はいもん》部分を切断し、肺を取り出す。

肺がなくなれば心臓が見える。心臓は中央にある。心室が左に張りだしているが位置は「正中」（中央）だ。

吉村は教科書と講義スライドを思い出しながら解剖を進めた。

薄い心嚢《しんのう》をハサミで切って開け、心臓を持ち上げ、三ヵ所の血管をメスで3ストロークほどで切断した。

その後、メスを握ったのはもう一人の同級生だった。

頭を横に向けて、片方の耳の上から反対側の耳までぐるっとメスで切った。

前後に頭皮をがばっと開けて頭蓋骨を露出。頭蓋骨を両耳の上部分でぐるっと手引き鋸《のこ》で切る。外科医療のようにストライカー（振動する電動刃）を使うことは許されていなかった。時間がかかって仕方がないし、感染病巣を持っている人だったら粉末が飛散するので飛沫感染するからだ。

頭蓋骨はすぐにがばっと離れない。脳と硬膜が癒着しているからだ。ノミのようなものを差し込んでひねる。そしてバリバリという感じで　頭蓋骨を剝がした。

柄杓《ひしゃく》の柄《え》を加工した道具を突っ込んで脳を傷つけないように、硬膜の周りをハサミでぐるっと慎重に切って、脳に繫がっている神経を一つ一つ切断し、さらに小脳テントを切って、最後に延髄の下にメスを入れて最後に両手で脳を取り出した。

「よし代わろう」

吉村がメスを手にした。

取り出した脳を近くに用意されたまな板の上に置いて、刃渡り10センチほどの長い直刃の「脳メス」で大きく直線的に切り始めた、その時だった。

突然、脳に口が出現し、しゃべり始めた。

《上手い手技だ》

目が覚めた吉村は苦笑するしかなかった。

——こんな、気が休まらない夢、いつまで見るんだろうか……。

炭酸水を飲もうと冷蔵庫へ近寄った時、その悲鳴を聞いた。

医局にいても、初療室かその奥のＩＣＵの方からだと分かった。

階段を駆け下りた吉村は悲鳴が聞こえた方へと急いだ。

ＩＣＵが声の発生源と知った吉村はガウンテクニックを施してから中へ入った。

目に入ったのは、ＩＣＵの奥の、検査室と繋がる通路の途中にあるトイレの前でたむろしている七人のナースたちの姿だった。

重篤な患者たちが寝ているベッドの間を慎重に歩きながらそこへ辿り着いた吉村は、ナースたちの中に美里の姿を見つけるとすぐに近寄った。

「さっきの悲鳴はここからか？」

吉村が険しい表情で訊いた。

「それが……」

美里はちらっと後ろへ視線を送った。

吉村がその視線を追った先に、二人のナースに抱きかかえられるようにして、美里の後輩である梨愛が青ざめた顔を引きつらせている。

「どうした？」

その三人に吉村は声を掛けた。

「トイレの鏡に……」

梨愛を支える一人のナースが口ごもった。

大きく息を吸い込んだ吉村がナースたちを見回した。

「いいな、ここに入るぞ」

女子トイレに入る承諾を求めた吉村は、その答えが返ってくる前に足をそこへ向けた。

ゆっくりとした足取りで奥へ進んだ吉村が角を曲がった時だった。

真正面の鏡が目の前に立ち塞がった。

吉村がそこに見たものは、髭は伸び、目は死んだ魚のように濁り、髪の毛も脂でベタベタな、疲れが極限状態の自分の姿だった。

「鏡には何もない。何を見たんだ？」

ナースたちの前に戻ってきた吉村が言い切った。

「そんなはずはありません！」

そう声を上げた梨愛が女子トイレに駆け込んでいった。

他のナースたち全員も中へ入っていった。

「あったんです！　さっき！　赤い文字で！」

梨愛はキレイに磨かれた鏡の前で騒いでいた。

ざわつくナースたちを吉村はトイレの外へ連れ出した。

そして梨愛の前に立ち、白衣のポケットからチョコレートのタブレットを手渡した。

「糖分を摂《と》って。落ち着くから」

吉村が言った。実際、吉村自身、タフな手技に入る前、脳細胞を落ち着かせるためにいつも用意しているものだった。

梨愛が落ち着く様子を観察した上で、吉村は静かに語り掛けた。

「何を見た？」

その質問を投げ掛けること自体、吉村は自分でも信じられなかった。

「信じてください。本当にあったんです！」

梨愛が必死に訴えた。

「分かってる。だから、そのままを言ってごらん」

「……血で書いたような赤い文字で、《救い出して》と……」

「血？　本当に血だったのか？」

　吉村が訊いた。

「それは……はっきりとは……」

　梨愛は言い淀んだ。

「彼女の後にトイレに入った者は？」

　吉村はナースたちを見回した。

「私です。彼女の悲鳴を聞いてすぐに。彼女は鏡の前で突っ立っていました。でも、鏡には何もありませんでした」

　美里がキッパリと言った。

　吉村は梨愛を振り返った。

「私がトイレに入った時は確かに見ました。最初はイタズラだろうと思いました。でも、すぐにふわっとした感じで消えてゆき、それで思わず悲鳴を上げてしまったんです。本当の話なんです！」

　梨愛は必死に訴えた。

「梨愛さん、あなたは、酷く疲れている。だから、最近、流れている変な噂話に敏感になってしまって幻覚を見たんだ」

　梨愛は目を彷徨わせた。

「だってそうだろ？　君は科学の最前線で働いているんだよ。そんな非科学的なことを信じるんじゃない」

吉村はそう諭したが、自分にこそ言い聞かせていることを自覚した。

小さく頷いた梨愛はもはや何も言わなくなった。

「さあ、戻って戻って」

吉村はナースたちを急かした。

しばらくトイレの前に立っていた吉村に、美里が背後から声を掛けた。

「先生、今の梨愛の言葉、よく聞いていらっしゃいましたか?」

「ああ。鏡にあったものがふわっと消えてしまった、それだろ?」

吉村は苦笑しながら振り返った。

美里は深々と頷いた。

「そのことで先生にお伝えしなくてはならないことがあるんです」

「どうした?」

血走った目で吉村は訊いた。

「私、さっき、事務次長の三田村さんが職員と噂話をしているのを聞いたんです」


美里が目にしたものは、ダウンライトだけに照らされた一般外来の待ち合いで、事務局人事課長の坂井《さかい》と顔を寄せ合っている三田村の姿だった。

ちょうど通りかかった美里は、彼らの会話の中に「鏡の血文字」という言葉が出てくるのを耳にしたので柱の陰から聞き耳を立てた。

「事務長の杉村、マジでやる気だな」

三田村が言った。

「マジってまさか……」

驚いた声を上げた坂井は思わず辺りを見渡した。

「トラウマセンターの初代センター長の人選を巡って、今、救急医学の重鎮の中で、水面下において激しく争いが起こっていることは知ってるだろ？」

「はい、口さがない者の話では、ウチの林原教授と、東都大《とうとだい》の伊藤《いとう》教授との一騎打ちとか——」

三田村は大きく頷いてから言った。

「その伊藤教授と陰で結託しているのが、杉村事務長だ」

「伊藤教授と杉村事務長が？」

坂井は驚いた表情を向けた。

「ああ。私は最近、事務長の動静を追っていてそれが分かった。事務長の狙いは、新設のトラウマセンターの副理事長だ。しかも——」

坂井は目を見開いてその話の先を待った。

「最近、高度救命救急センターで噂になっている、あの〝鏡の血文字〟を、事務長はわざと放置している」

「それって――」

「そうだ。高度救命救急センターでの騒ぎが大きくなって、医療対応にも影響が出ることによってそれが学長の耳に入り、林原教授が管理責任を問われるのを待っているんだ」

「すごいですね……」

「実は、それだけじゃねえよ」

三田村は声を落として続けた。

「そもそも〝血文字〟をトイレの鏡に書きまくっている者こそ、事務長の息のかかった森田《もりた》だ」

「森田？　事務長の引き合わせで最近結婚した、あの総務課長の森田ですか！」

「その結婚相手だって、事務長の〝払い下げ〟らしいがな」

「そうなんですか――しかし、三田村さんはどうしてそれを？」

「私が目撃したんだから間違いない」

三田村がニヤッとした。

「目撃？」

「《呪》《恨》《殺》――その〝血文字〟を消して回っているのは私だ」

「三田村さんが？……」

「ああ。だから、森田の〝犯行〟も目撃したのさ」

「でも、なぜ三田村さんがそこまで……」

「林原教授にはいろいろ借りがあってね。それにトラウマセンターでも……。まっ、その話はいいや」

「それで《呪》《恨》《殺》を？　噂には、《救い出して》という〝血文字〟もあったらしいですが、それも三田村さんが消されたんですね。大変でしたね——」

「《救い出して》？　そんな文句は私は消した憶えがないし、見たこともない……」


話し終えた美里は吉村の顔を見据えた。

「つまり、最近の噂話にある、鏡に書かれた赤い文字、《呪》《恨》《殺》は、杉村事務長が部下に命じて書かせた上で、林原教授の管理下にあるセンターを混乱させている可能性があるんです」

「すべてはトラウマセンターの人事に絡む暗闘か……」

「先生、いいですか。私が申し上げたいのは、そんな陰謀めいた話じゃありません。これから先のことです」

吉村はゆっくりと顔を回して美里に視線を投げ掛けた。

「《呪》《恨》《殺》という赤い文字が突然書かれていたり、いつの間にか消えていたりしたのは明らかに人の手によるものでした。しかし三田村次長の話によれば、《救い出して》だけは杉村事務長の部下は書いてないようですし、誰の手によっても消されていない――」

「だから、また別のバカがやったんだ」

「でも三田村さんは杉村事務長と部下を監視していたようですし、その中で、その〝別のバカ〟をなぜ目撃していないんでしょう?」

「もういい」

吉村は頭を振った。

「いつまでもバカなことを考えているんじゃないよ」

吉村が吐き捨てた。

「先生こそ、昨日から起きる様々なことが実は気になって仕方がないんじゃありませんか?」

美里が真顔で言った。

「バカ言うな。オレは救命医療に集中している」

吉村が言い放った。

「先生は見られたんですよね? おさげ髪にホクロのナースを。しかも、そのナースは右足を引き摺っていた……」

吉村は黙り込んだ。

「その五年前に自殺したナース、飛び降りた時、右足の大腿骨が粉々になったんです……」

「もういい、その話は」

吉村は頭を振った。

だが美里は拘った。

「やっぱり、五年前に自殺したナースの魂が――。そう思っているんじゃありませんか?」

美里が見開いた目で訊いた。

だが吉村はそれには何も応えず、黙ったままICUの出口へと向かっていった。


吉村はとにかく寝たかった。

せっかくの仮眠を邪魔されて不機嫌さも最高潮だった。

だから、早く仮眠に戻ってさっきの騒動も、美里の話も頭からすべて拭い去りたかった。

再び救命救急医局の外階段を上っていた吉村は自分の名前を呼ばれた。

見下ろすと、草刈刑事が頭を下げていた。

露骨に溜息を吐き出して階段を下りた吉村に、草刈が突然の訪問を謝った上で、一方的に話し始めた。

「こちらとは何かと縁がありますな。運ばれてきた交通事故に遭った女性の患者さん、うちの担当となりましてね」

「事故なんでしょ？」

怪訝な表情で吉村が言った。

「それがどうもおかしなことになっていましてね」

「おかしなこととは？」

白衣のポケットに両手を突っ込んだ吉村が面倒くさそうに訊いた。

「本来なら交通事故なので交通課の担当なんですが、女性患者さんと衝突した車が、ウチの管内で盗まれていたものと分かったんです。その車は焼けて運転手の男は全身ヤケドで――」

「それが何なんです？」

草刈の話が本題を切り出さないことに吉村は苛立った。

「その男が車に遺留《いりゅう》していた物の中にこんなものがありました。先生はご興味あるんじゃないかと――」

草刈は上着の内ポケットから証拠品票が貼り付けられたビニール袋に入っている折り畳んだ一枚の紙を広げてから吉村に手渡した。

煩《わずら》わしそうな態度で吉村は紙に目を落とした。

真正面から写した写真を印刷したように、三人の女性の顔が並んでいる。

しかし、そのうち二人の顔には赤く大きな×マークが描かれていた。

「関係ありませんね」

吉村はすぐに突き返した。

「先生、よくご覧になってください。この一番右の×マークがなされた、この女性、昨日、墜落してこちらで治療を受けた女性患者によく似ていませんか？」

吉村は急いで紙を奪い取った。

――これは……《フォール》の《X》だ……。

あらためて見ると吉村はそう確信した。

だが吉村の息が止まったのは、もう一人の×を付けられた女性の顔へ目をやった時だった。

――《頭部屋》のあの《X》に似ている……。

そしてさらに吉村が息を呑んだのは三人目の、×マークのない女性だった。

今、自分の手で手術したのだから忘れるはずもない。

《BURN》の《X》が真顔で写っている。

草刈はその女の上に指をのせた。

「先生は、もう一人の×マークのこの女性と、さらにマークがないこちらの女性、この二人をご存じじゃないですか？」

「いや、知らない」

吉村は嘘をついた。少なくとも今日はもうこれ以上面倒なことに巻き込まれたくなかった。

だが草刈は食い下がった。

「特にこの、三人目のマークのない女性、さっきの交通事故の被害者じゃないですか？」

「担当していないので知りません」

吉村は一刻も早くこの場から立ち去りたかった。

「実は、交通課の調べでは、彼女、カーナビの目的地にこちらの病院を設定していたんです。どう思います？」

草刈は吉村の顔を覗き込むようにして言った。

「ですから一切、心当たりはありません」

吉村は吐き捨てた。

「そうですか……」

草刈はそう言ったが、薄笑いを浮かべて吉村の顔をジロジロと見つめた。

「それにしても、この三人の女性と二つの赤い×マーク、これがどういう意味か、先生はどう思われますか？」

「さっきから言ってる通り、私に分かるはずもありません。では、これで。まだ仕事がありますので――」

吉村はそれだけ言うと踵を返して階段を上り始めた。

「今日の事故、どうやらその男が自分の車を無理矢理に彼女の車にぶつけたようなんです」

草刈が声を上げた。

だが吉村は足を止めなかった。

「実は、昨日の墜落にしても、殺人未遂事件の疑いが出てきました。つまり、連続殺人を企図した犯罪が行われた――私はそう判断しているんです」

「ならその通りに捜査でも何でもやってください」

二階に上りきった吉村は力なくそう言って、医局のドアに手を掛けた。

「ご協力して頂けないと後悔することになりますよ」

草刈はドスの利いた声で吉村の背中にその言葉を投げ掛けた。

「実は、分かったことがあるんです」

思わず振り返った吉村に草刈が続けた。

「今、説明したその女性患者さん、かつてこちらの病院で看護師として働いていて、今の杉村事務長さんとも昵懇にされておられたと――」

吉村は黙って聞いていた。

「しかも一般から情報提供がありました。今、林原教授が推進されておられるトラウマセンターの人事を巡って、杉村事務長と三田村次長との間で暗闘があるとか。その中で、林原教授の弱みを握ろうとして、三人の女性が深夜、忍び込もうとしたと。それが――」

吉村はドアを開けた。

「これらの件は、トラウマセンターの人事を巡っての殺人事件の可能性もある。そうなれば、先生だって――」

吉村は医局の中に入って力任せにドアを閉めた。

医局内はがらんとしていた。

小林や研修医たちが、さらなる患者の搬送に備えて仮眠室にいる姿を吉村は想像した。ここでは寝られる時に寝ないと、まる二日間まったく寝ずに仕事をするハメになることもあるのだ。

いつものように「冷えピタ」を取り出した時、PHSが振動した。

「先生、《頭部屋》の《X》さん、さっきからずっと譫言《うわごと》を言い続けて苦しんだ表情を浮かべているんです」

ナースの静香からだった。

「譫言って?」

自分でもその質問をしたことが不思議だった。

「それが……《救い出して》……と……」

一瞬の間を置いてから吉村が尋ねた。

「バイタルは?」

吉村が訊いた。

「良くなったり悪くなったりと不安定です」

「分かった。とにかく、数値に一喜一憂せず、もうしばらく見守ろう。私も後から行く。それまでにもし大きな変化があったら教えてください」

それだけ言って通話を終えた吉村は、医局のソファに乱暴に体を預けた。そして「冷えピタ」の封を切って一枚の冷却シートを取り出し、両目の上に置き、しばらくそのまま身動きしなかった。

しかし頭の中では思考が激しく巡った。

吉村は飛び起きた。

そして、医局から出て一階に下りると、美里を探した。

自分の頭だけで処理するそのストレスに押し潰《つぶ》されそうだった。吉村が危惧しているのは、このままでは、ICUでの治療に集中できないということだった。

だから、同じ感情を共有する誰かに気持ちを吐き出したかった。

その相手はやはり彼女しかいなかった。

ICUに入った吉村はまず、《頭部屋》の《X》の様子を観察した。

ナースの静香が言ったように譫言を口にし、苦悶の表情を浮かべている。ただ、その譫言は言葉になっていない。

バイタルサインには危険な兆候は認められなかった。しかし、良いサインもまったくないことが吉村には納得できなかった。

静香にさっきと同じような言葉を掛けてから美里に近づいた吉村は、その隣にいる小林には分からないように、仕事が一段落したら出てきてくれ、とその耳元に囁いた。

照明が落とされた薄暗い初療室で待っていた吉村の元へ美里が姿を現したのは、十分ほどしてからのことだった。

美里は瞬きを止めて吉村を見据えた。

自分がなぜここへ呼ばれたのかを察しているように吉村には思えた。

「さっきはすまない」

吉村はまず謝った。

「しかも今も忙しいのに」

吉村は一度溜息をついてから口を開いた。

「君の言うとおりだ。いやそれ以上かもしれない。自分でも分かっているんだが、雑念に溺《おぼ》れかけていてね」

吉村は正直に言った。

「先生、それを仰るのなら私もです。さっきはしつこくてすみませんでした。一度、先生ときっちり整理してお話をしたかったんです」

美里が真剣な眼差しで言った。

頷いた吉村はまず、さっき草刈刑事が話していたことから切り出した。

「さっき昨日と同じ刑事が来たんだけど、《BURN》の《X》、実は、誰かが彼女を殺そうとして起こした事故の可能性があるらしい」

「殺そうと……」

美里は驚愕の表情で吉村を見つめた。

「それに、トラウマセンターの人事に絡んだものだと——」

「トラウマセンター？」

「《フォール》の《X》はそのために林原教授の部屋から何かを盗み出そうとしていたとか
——」

吉村はそう言って俯いて苦笑した。

「先生、その続きを——」

吉村が顔を上げると美里が真顔で自分を見つめていた。

「それで、その、いわば事故を仕掛けた車の運転手は逃げたが、その車、盗難車だったらしくて、その車の中に三人の女の顔写真をプリントした紙が残っていた」

美里は黙って頷き、その先を待った。

「三人の顔が、昨日の《フォール》の《X》、《頭部屋》の《X》、そして《BURN》の《X》とよく似ている——いや正直に言えば、彼女たち本人なんだ」

吉村は言い切った。

美里は黙ったまま話の先を待った。

「三人のうち二人の顔には赤い×マークが書き込まれていた」

「赤い×マーク……」

「一人は《フォール》の《X》だ。その刑事によれば、自殺を図った上での墜落と見られていたのが犯罪の可能性が出てきたらしい」

「もう一人は？」

「《頭部屋》の《X》だ。彼女がそもそも外傷性くも膜下出血を起こしたのは、ウチの病院のトイレで転倒し床で頭を打ったからだった」

「そうです……転倒し……」

「それで、刑事が帰ってからふとそのことが頭に浮かんだんだ。昨日の朝のモーニングカンファレンスで、宇佐見リーダーが口にしたその言葉だ。〝致命的な外傷は後頭部なのに、なぜか鼻骨を骨折していた〟と――」

「鼻骨が？　もしかして誰かが顔を踏みつけたとか？　あっ、それなら誰かが《X》を殺そうとして突き飛ばし……」

美里は自分で言ったその言葉に呆然とした。だが頭の中で溢れ出す思いは押し止めようもなかった。

「しかも、《BURN》の《X》にしても、事故を仕掛けた男にしたら、×マークを書き込む前に酷いケガで意識を失って……先生……こ、これって――」

美里の声が掠れた。

「もし、《頭部屋》の《X》も、第三者の行為によるものだとすれば……三人の女性が連続して殺されかけたことになる」

「違います。すでに一人は死亡し、もう一人も意識不明の重体。そして三人目も、今、瀕死の状態で二回目の手術を待っている状態です。もしこれらがすべて犯罪だとしたら、重大な事態です」

頷いた吉村は草刈刑事の言葉を思い出した。

〈彼女、カーナビの目的地にこちらの病院を設定していたんです〉

吉村が美里を見据えた。

「《BURN》の《X》はね、ウチへ向かっている途中に事故に遭ったらしい。カーナビゲーションの設定がそうなっていたと。そうだ、《BURN》の《X》を運んだ救急隊員もこう言っていた。ウチへの搬送は〝ご本人が頑強にこちらの病院を希望しましたので〟と──」

吉村が一気に捲し立てた。

しばらくの沈黙後、口を開いたのは美里だった。

「先生、あらためて考えてみると、そもそも《フォール》の《X》はこの病院の建物から落下したわけで、さらに病院内のどこかへ行こうと何かを探し回っていました」

「探し回っていた……確かに……」

吉村が小さな唸り声を引き摺った。

美里は構わず続けた。

「それに、私も吉村先生のすぐ隣で聞いたんです。《頭部屋》の《X》にしてもここのトイレで倒れ、人工呼吸器に依存していながら、『救ってあげないと』や『私を呼んでいる』との言葉を発したことを。そして、先生が今仰った通り、《BURN》の《X》もこの病院を目指していた──」

美里は言葉を切って、頭を整理した上で続けた。

「つまり、三人の《X》は、ここに、この病院のどこかへ行こうとしていたことになります」

吉村は黙ったまま大きく頷いた。

「もし、彼女たちが、突き落とされたり、突き飛ばされたり、そして追突されたりした理由が、彼女たちがここでやろうとしていたことを阻止するためのものであったとしたら……。いや、《フォール》の《X》がエレベーターで亡くなったのも、その〝何者か〟の仕業だったとしたら……それは考え過ぎか……」

吉村は頭を振った。

「いえ、先生、私は考え過ぎだとは思いません。その〝何者か〟が《フォール》の《X》の動きを阻止するために突き落としたとしたら、手術で一命を取り留めたことを知った時、何も行動しないでしょうか？　殺人まで起こそうとした者がです」

「その〝何者か〟の思惑はともかくとして、私たちの結論が事実ならば、三人の《X》の目的は同じだったことになる」

「彼女たちは、この病院でいったい何をしようとしていたんでしょう――」

美里が呟くようにそう口にした。

「原点に戻ろう」

吉村が言った。

美里が大きく頷いた。

「まず、《フォール》の《X》だ。彼女は、全身の力を振り絞って、複雑怪奇な通路を通って『大学棟』へ向かった。つまり『大学棟』へ行くことが目的だった。そこまではいい――」

吉村が自分に言い聞かせるように言った。

「『大学棟』にあるものといえば――」

美里が思い出す風な表情を作って続けた。

「大小の講義室、学生ラウンジと食堂、さらに学務部事務室――」

「グループ学習室、図書館アーカイブ室――」

吉村が引き継いだ。

「院長室、各専門科の教授室――ちょっと待って。キリがないし、『大学棟』だけじゃあ分からない」

吉村が息を吐き出した。

「では、次の《頭部屋》の《X》、彼女もどこかへ行こうとしていました」

しばらく考え込んでいた吉村が突然、顔を上げた。

脳裡に浮かんだのは、今朝の教授回診の後、林原教授と宇佐見とのやりとりだった。

〈「それはそうと、この患者さん、未だに《X》なんだろうけど、さっき、事務次長の三田村さんから聞いたけど、彼女は最初、一階の受付に来て何か尋ねていたらしいね？」

林原が宇佐見に訊いた。

「ええ、私も聞いています。何でも、倒れる前に総合受付に姿を見せて〝『大学棟』の六階へはどう行けばいいか〟と訊いていたというんですが……」〉

吉村が言った。

「今、思い出したことがある。一般外来のトイレで倒れ込む前、彼女は総合受付で『大学棟』の六階への行き方を訊いていた――」

「六階？」

美里は訝る表情で見つめた。

「恐らく、他の二人の女性も、『六階』を目指していたはずだ。《フォール》の《X》は姿を消す直前、ナースの静香さんが聞いたところによれば、こう言った。〝間違っていた〟と。彼女はどこから転落した？」

「五階……」

「そうだ。彼女は、五階に目的のものがあると思っていた。しかしそこではなかった。その一つ上の六階だったんだ。しかしそこへ向かおうとした時、〝何者か〟に突き落とされた――」

「確か六階には――」

病棟には精通していても「大学棟」には詳しくない美里は言い淀んだ。

「自然科学実習室、基礎医学実習室、それに解剖学実習室……そんなくらいか……」

それらを口にしたのは吉村だった。

「でしたら、学生や医学部関係者以外は用がないフロアーですね……」

「そうだな……」

しばらくの沈黙後、吉村が美里を見つめた。

「三人の女性に共通することがもう一つあった」

美里もそのことに気づいたという風に目を見開いた。

「《救い出して》――三人が三人ともそう口にしたその言葉ですね」

「そうだ。しかし……」

吉村は頭を振って立ち上がった。

「ここから先は、警察の仕事だ。オレたち、医療の世界にいる者が考えるべきことじゃない」

そう言って吉村は初療室を出ていこうとした。

「救い出すことを願った三人の女性は傷つけられました！　しかも、死を賭してまでやり遂げようとしたことを達成できていません！　だから彼女たちの魂が、トイレの鏡に怨念となって出現したのです――」

美里が瞬きを止めて吉村を見つめた。

「そんな非科学的なことは――」

「彼女たちが救い出そうとしたものが何かは分かりません！」

美里が吉村の言葉を遮ってさらに続けた。

「でも彼女たちの想いを引き継いで解決し、それを彼女たちの耳元に告げてあげることこそ、今、生きようとしている彼女たちに力を与えることになります！」

背中に投げ掛けられた美里のその言葉に吉村は足を止めた。

「つまりそれは医療そのものじゃありませんか！」

吉村はしばらくそこに立ち尽くした。その時、吉村の脳裡に浮かんでいたのは、ついさっき観察したばかりの《X》の苦悶する顔だった。

丸椅子にもう一度腰を落とした吉村は、美里の目を見据えた。

「ここからは大胆な推理だ――」

美里がその言葉を待っていたかのように目を輝かせて身を乗り出した。

「今、思い出したんだが、筋弛緩剤でのコントロール下で患者が『譫言』や『不規則発言』をすることは論文で多数記述されている。しかもそれが、脳細胞が記憶を消去する時に出現する〝寝言〟の類ではなく、明確な意思を持った言葉である場合も臨床的に報告されている」

美里は目を見開いて吉村の言葉の先を待った。

「つまり、三人の《X》が同じくして《救い出して》と言ったのは単なる偶然でも譫言でもなかった。何かを救い出すという明確な、しかも壮絶な想いを抱いてこの病院に来た。その救い出すものは『大学棟』の六階にあった。しかし、それが救い出されることは〝何者か〟にとって、極めて不都合だった。だから《X》たちが救い出す前に阻止する必要があり、だから襲った――」

吉村はそこまで一気に捲し立てた後、瞬きを止めた。

「六階に行こう。何かが見つかる」

吉村が勢い良く立ち上がった時、美里が携帯しているタイマーが鳴った。

「ＩＣＵでの投薬と感染防止用の消毒の時間です」

タイマーの時間を確認した美里が言った。

「医師は？」

「小林先生がいらっしゃいます。ですから吉村先生、先に行っててください。きちんと仕事を終えてから追いかけます」

深夜の病棟の地下を歩くのは吉村にとって初めてのことだった。

すれ違う者もいないし、人がいる気配をまったく感じない。

吉村は懐中電灯を持ってこなかったことを後悔した。

病院経営を企業経営と考えている学長の指示で節電が徹底されているため、非常用の青白い灯しかないことやどこかひんやりとした空気の流れを感じたことで、吉村は霊安室の中を歩き回っているような錯覚に陥っていた。

吉村は昨夜《フォール》の《X》の事件で、美里に言った言葉を思い出した。

〈隣接する病院と大学の建物とは、隣接するとは言っても、増築の上に増築を重ねてきたお陰で、行き来をするのに、病理検査室、放射線区域、電源室、機械室などを経ての、複雑怪奇なルートとなっており、慣れた者でも迷うことがある――〉

大学棟の地下はさらに暗かった。

非常灯の数が極端に少なく、数メートルの視界しかなく、墨色の闇に包まれながら足を運んでいるようだった。

だから、目の前にエレベーターの扉が突然出現した時は、吉村は声を上げそうになった。

エレベーターの扉の前の床に吉村は目をやった。

――ここで昨日、《フォール》の《X》が亡くなったんだ……。

その時、どこかで強い風が流れる音を吉村は聞いた。

吉村は思わず辺りを見回した。

その時、通路の向こうから足音が聞こえたように思えた。

しかし、暗闇でほとんど視界がきかないため人影を見ることはできない――。

チーン！

エレベーターが到着したその音で吉村は驚いて思わず飛び跳ねた。

六階でエレベーターを降り立った吉村の前に出現したのは完全なる闇だった。

いや正確に言えば、窓から差す儚《はかな》い月明かりで、すべてのものが灰色のシルエットに見えた。

だが、学生時代の記憶がまだ鮮明にあった吉村は迷うことはなかった。

ゆっくりと通路を歩き続けた吉村は、ひとつずつ声に出して確認しながら進んだ。

「まず、右手の先にあるのが自然科学実習室。その向かいに基礎医学実習室がある――」

立ち止まった吉村は考えてみた。

しかし答えはすぐに出た。

――三人の《X》が、この二つの部屋に救い出すものがあって目指していたとは思えない……。

吉村は基礎医学実習室のドアの先の角を左に曲がった。

そのドアは非常灯の青白い光に浮かんでいた。

もちろんその場所を吉村は忘れるはずもなかった。

大学三年生の時、ほぼ一年間、ここに通い続けたのだから――。

「ここは解剖学実習室――」

吉村が静寂の闇の中で言った。

ここは、文字通り、「ご献体」、つまり人間の本当のご遺体を解剖する場所である。

「ご献体」が供給される状況によっても違うが、自分の場合は、三人の学生たちに一体の

「ご献体」が与えられ解剖実習が行われた。

解剖するのは、頭皮から足のつま先までのすべてである。

その〝すべて〟とはまさしく〝すべて〟なのだ。

脳細胞も細かく切り刻み、眼球や内臓も数センチにスライスする。

そしてそれを一年がかりで続けることで、人体の構造をすべて知り尽くすのだ。

——三人の《X》たちは「ご献体」に会うためにここへ来ようとしていたのか……もしかして「ご献体」の中に自分たちがよく知る者がいる……。

だが吉村はその考えをすぐに頭の中から拭い去った。

ここには常に「ご献体」があるわけではない。しかも彼女たちがここに来ようとしていた夜も、ここには何も存在していなかったのだ。

吉村は思った。

——もしそれを想像するなら次の部屋だ。

吉村はさらに足を進めて次のドアの前に立った。

「臓器保存室……」

吉村は呟いた。

この部屋の記憶はもちろんあった。

医学生時代、その日の解剖学実習が終わると、学生たちは「ご献体」を乗せたストレッチャーをここまで運んで来て、中で待っている大学の職員に引き継ぐのだ。

冷凍保存された「ご献体」は、次回の解剖学実習までここで保存されることになる。そして一年間に及ぶ解剖学実習が継続されるのだ。

今もこの中には〝解剖途中〟の「ご献体」が存在するはずだ。

吉村はドアの窓越しに中を覗いた。

しかし、その奥の銀色のドアには窓がなく、そこから先の視界は遮られた。

――この中の「ご献体」に彼女たちは会いにきたのか……。

もしかすると、失踪した親族がそこにいると思ったのだろうか……。

吉村自身、よくは知らないが、大学へ解剖学実習のために提供される「ご献体」は身元不明の無縁仏が利用されていると聞いたことがある――。

しかしこの推察には無理がある、と吉村は思った。

誰がどの「ご献体」であるかは、それを大学に供給する業者にしか分からないはずである。大学に運ばれてくる時には、顔かたちだけでなく、外表《がいひょう》（全身の表面）が人間の体と分からないように加工されているからだ。

一般に知ることはまず不可能である。業者にしか分からない――。

「業者にしか……」

吉村は脳裡に浮かんだその言葉を呟いた。

そして一人の顔を思い出した。

その顔は、昨日の夜、玄関の車寄せで見かけた、「ご献体」の手配会社の山田、その男だった。

あの時も、山田は新しい「ご献体」を大学棟へ運び入れる仕事をしていたように思えた。

しかし吉村はそれについても合理的ではないと頭の中で否定した。

万が一、三人の《X》が「ご献体」に関心があったとして、なにも自分たちがわざわざ病院に行って、それも慣れない大学棟で探し回るような真似をするよりも、直接、山田に会って聞けばいいだけの話だからだ。

吉村は溜息をついた。

六階に来れば、何か、インスパイアしてくれるものがあるかもしれないと期待したが……。

三人の《X》たちがなぜここに来ようとしていたのか、その謎を解決してくれるものが何もないのだ。

しかし、自分は何かに気づいていない、という思いは強かった。

――何かを見落としているのか……。

吉村は何げなしに振り返った。

吉村は大きく口を開けて息が止まった。

小さな女の子とナースがそこに立っていた。

二人は満面の笑みを浮かべていた。

吉村の息が止まったのは、突然の出現のためだけではなかった。

「早く救い出してあげて」

女の子から懐かしい声が聞こえた。

その隣でナースは頷くだけだった。

「私も早く救い出してね」

その場にがっくりと膝をつき項垂れた吉村の目から大粒の涙が零れた。そして号泣しながらその言葉を口にした。

「パパを許して欲しい」

娘の名前を口にしようとして顔を上げた時、二人の姿はなかった。

慌てて立ち上がった吉村は辺りを見渡した。

深い闇があった。

吉村はその闇に目を凝らした。

今、ふと目に入ったものを確かめたかった。

最初は空気の流れかと思った。

ごく薄い青白い光が揺らいでいる、そう感じた。

吉村の足はその青白い光に導かれるように動いた。

自分自身で足を動かしているという自覚はなかった。

だが勝手に足が動いた。

気がついた時にはそのドアの前に立っていた。

ドアの上にある表札プレートを見つめた。

〈臓器保存室〉

吉村は、学生時代、担当教授でさえこう言っていたことを急に思い出した。

〈余り大きな声では言えないが、この部屋に入るといつもゾッとする。風邪をひいて背筋がぞくぞくする感じがする。誰もがそう言う。意識しているわけじゃない。だが私でも一人で入るのは嫌だ〉

吉村の目はドアノブに釘付けとなった。

少し開いている。

ドアノブを回したのは反射的な行動だった。

中に入った吉村は、その先にある黒いドアを見つめた。

ドアには、

〈冷蔵保存中　開放厳禁〉

とある。

ドアを押し開くことを吉村は躊躇わなかった。

「臓器保存室」に一歩足を踏み入れた吉村は思わず両手で体を抱いた。

ゾッとするような寒さだった。

だがその感覚は部屋が低温であるためだけではないことを吉村は悟っていた。

所狭しと連なるキャビネットの、アラビア数字でナンバーが記された一つに吉村は震えながら近づいた。

ガラス戸の中に、解剖日付の札が括り付けられた、透明と乳白色の二種類の瓶《びん》がズラッと並んでいる。

吉村は大学時代、当時の教授に教えられたことを脳裡に蘇らせた。

解剖学実習で「ご献体」から剪り出した臓器の一部は、二系統に分けてこの透明と乳白色の瓶に分けて入れられる。

病巣がある標本検査用の臓器は透明の瓶に。臓器保存室用は乳白色の瓶に入れる。

透明瓶の標本検査用は、臓器をパラフィンブロックに浸けて薄片にし、プレパラートに載せて染色して検鏡する。

臓器保存室用の乳白色のプラスチック製ホルマリン固定臓器用容器にある臓器の塊はホルマリン液で保存されている。

吉村は気配を感じて振り返った。

天井のエアコンから流れ出る冷え切った空気が白く舞っているように見えた。

その中に再び青白い光を吉村は見つけた。

その光は今し方、吉村が見つめた、それだけが独立して並ぶ二つの透明の瓶と一つの乳白色の瓶の周りにまとわりついている。

そしてそこから三つの大きな青白い光の筋が立ち上ってゆき、それぞれが丸い塊となって三つの瓶の前で揺らいだ。

いやこの青白い光は揺らいでいるんじゃないと思った。

――青白い光は三つの瓶に愛《いと》おしくまとわりついている……。

吉村は全身に鳥肌が立ち、吸い込んだまま息が止まった。

しかし、吉村は、今、自分が見つめている〝光景〟をしっかりと心の中で受け止めた。


どこをどう通っているか吉村は分からなかった。

本能だけでそこへ向かっている――その気持ちのまま複雑怪奇な通路を突っ走った。

医局に辿り着いた吉村は自分のデスクへ走った。

長椅子で仮眠を取っていた小林が驚いた表情で吉村を見つめた。だが吉村は小林を一瞥することもなくデスクの上のスマートフォンを摑むと医局から飛び出した。

玄関車寄せに辿り着いた吉村は躊躇わずにその番号を呼び出した。

長い呼び出し音のあとやっと繫がった。

「草刈刑事、こんな時間にすみません」

「ん？　関東医科大の吉村先生ですか？」

眠気を湛えた声で草刈が応じた。

「実は重要な件で、しかも大至急、お話があるんです」

「何でしょう？」

草刈は覚醒したような雰囲気で訊いた。

「こちらの大学棟の六階に、『臓器保存室』という部屋があるんですが、大至急、そこを調べてください」

吉村は冷静に言った。

「臓器保存室？　何がどうしたんです？」

草刈は勢い込んで言った。

この男は何かを察した、と確信した吉村は急いで続けた。

「あなたにとっては無駄骨になるかもしれない。ですが、敢えてその〝無駄骨〟をして頂きたい」

「何をせよと？」

「とにかくその部屋にある、キャビネット番号《12》、その中にある標本《G3》《G4》と《G5》の瓶の中にある臓器を調べてください」

「ちょっ、ちょっと待ってください」

草刈が筆記用具を探す音が聞こえた。

「先生、もう一度、お願いします！」

「キャビネット番号《12》、標本《G3》《G4》と《G5》の臓器です」

「臓器？　それが何だと？」

草刈が興奮気味に訊いた。

実は、その答えを吉村は持っていなかった。

だからその言葉は吉村の咄嗟の思いつきだった。

「失踪事件、そう、例えば、事件性がある失踪事案、その対象者のＤＮＡと、今、言った臓器のそれとを至急照合してください」

「照合ですか――」

「そうです。ですので、それらを押収する許可証を裁判所から至急取ってください」

「ご心配には及びません」

そう言い切ったのは草刈だった。

「ではどうか急いで」

吉村は通話を切ろうとした。

「先生、待ってください。それを行う根拠について先生からさらに詳しく――」

「お話しできるのはそれだけです。では――」

吉村は一方的にスマートフォンの終了ボタンを押した。

さすがにその先までは関わりたくはなかった。

そして何より、つい今し方、自分が見たものを一刻も早く忘れたかった。余りにも非現実的なそれを――。

それより何より、自分は科学者であり、救急専門医なのだ――。

その時だった。

乾いた破裂音が聞こえた。

吉村が振り向いた視線の先はＩＣＵの窓だった。


「中央オペ室、何分で用意できるか訊いて。あとのナースさんはすぐに準備を」

吉村の言葉で美里と梨愛の二人のナースが一斉に動き始めた。

「で、状況は？　簡潔に！」

ブルーの制服を切り刻む小林の隣で吉村が誰彼なしに訊いた。

「私、目撃していました」

そう声を上げたのは美里だった。

「ＩＣＵの窓の外から覗いていた不審な男にこの警備員さんが声を掛けたところ、その男がいきなり銃を撃ってきたんです」

「その男は？」

吉村が訊いた。

「分かりません」

美里が急いで応えた。

美里が運び入れたエコー診断装置のプローベを握った小林は、全裸にされた警備員の脇腹に潤滑ジェルを塗りたくってからプローベを滑らせ、モノクロディスプレイに目を張り付かせた。

「輸液じゃんじゃん入れて」

血圧低下に対する緊急措置を吉村はオーダーした。

だが、もはや結論は吉村には分かっていた。

右手脇腹に認めた射入口《しゃにゅうこう》からの出血はそれほどではない。しかし、腹部の膨満からして血圧低下の原因は、腹腔内出血——つまり、銃弾によってどこかの内臓が損傷しているのだ、それもかなり酷く……。

射入口が右脇腹であるゆえ、肝臓が損傷していれば最悪である。

腎臓も二つあるとはいっても、損傷レベルによって二つの腎摘出の可能性もある。それを知るには腎臓造影もしなくては……やることは山ほどある、と吉村は下唇を噛みしめた。

「オペ室、どうなってんだ？　まだか！」

吉村にしては珍しく苛立った声を上げた。

そこにいる全員が壁掛け電話機に目をやった。

しかし、いつものジリジリという音は鳴らない——。

「間に合わない。ここでオペをやる！」

吉村が言い切った。

吉村は周りにいる医師とナースたちを集めた。

「この命を救う！　いいね！」

サージカルグローブをはめながら吉村が小林を振り向いた。

「オレが執刀する」

「いえ、それは――」

小林が慌てた。

「その疲れきった目を見てみろ。小林先生は前立ちに――」

そう言った吉村は、オペに入るとメスを選んだ。

臍《へそ》を回避して、皮下脂肪から腱鞘《けんしょう》、さらに腹膜まで小さく開腹した。血液が治療台の上に溢れ返った。だが吉村は慌てることはなかった。

健常人なら腹膜からきれいに臓器が透けて見えるところが、どす黒い液体に浸かっている。

腹腔内出血は予想通りだ。しかしその出血量は吉村の想像以上だった。

「サンクション、お願い」

サージカルマスクの中から吉村が美里に指示した。

腹腔内に差し込んだドレーン（管）から出血した血液が吸い上げられてゆく。

数分後、かなりの血液を排除できたと判断した吉村は、今度は大きく開腹し、最後に腹膜をメスで開けると、手を突っこみ、幾つかの臓器をまさぐって大きな出血点を急いで探した。

――あった！　肝右葉だ……。

「細かい止血操作をする時間、余裕がない。ダメージコントロールとしてタオルパッキング（圧迫）する。準備、急いで」

吉村の指示で美里が手渡したのは、ポリエステル製の医療用タオルだった。

受け取った医療用タオルを吉村は腹腔内に押し込んだ。

肝臓出血点にタオルを直接押し当て、腹の中へ敷き詰め終わった。緊急時の救命措置として、高度救命救急センターではオーソライズされている手技である。原始的ではあるが、出血点を探している時間のない緊急時、直接、臓器をタオルで圧迫することで物理的に出血を止める手技だ。

初療室におけるX線撮影では、銃弾と思われる細かい金属片が腹腔内の数ヵ所に留まっていることが確認されていたが、それを取り除くのもすべては一命を取り留めてからと吉村は判断した。

「心電図的には堅調です」

美里が緊張した表情で振り向いた。

力強く頷いた吉村は、ステープラー型の大きな縫合器を手に取り、強引に切り開いた皮膚を重ね合わせ、バチバチと音をさせて腹を閉じた。

出血が収まってくれさえすれば、本格的な手術に移れる。血圧が安定すること、それが命を救う最も優先された問題である。そのためには敢えて粗雑な縫合が必要だった。

吉村はバイタルモニターを振り返った。心拍数、心電図、呼吸数、血圧の数値が示すものは、いずれも正常値とまでは言えないにしろ、生命の危機を脱出したことは明らかだった。

その直後だった。

突然、部屋の照明が消えた。バイタルモニターの表示やランプもすべて消えてしまった。そして、皎々と光を放っていたハロゲンライトが消えたことに気づくと、辺りを急いで見回した。

「停電か？」

小林が声を上げた。

慌てたナースたちが初療室のスイッチやコンセントを調べ回った。

「どうしてだ？　停電でもすぐに自家発電の非常用電源に切り替わるはずだ」

吉村はさすがに声を荒らげた。

「内線電話も繋がりません！」

報告したのは美里だった。

「管理室へ行ってきます！」

梨愛がそう言って初療室から駆けだしていった。

その直後、ＩＣＵの方向からざわめきが聞こえた。

「大変です！　停電です！」

吉村のチームのサードである藤田が初療室に飛び込んできた。

「非常用電源は？」

吉村が急いで訊いた。

「それがなかなか切り替わらないんです！」

それが緊急事態であることを当然、吉村は知っていた。

人工呼吸器など重体患者の生命維持装置が動かなくなれば数分で死亡してしまうのだ。

血だらけとなったグローブを外した吉村は通路に飛び出た。

通路の先にある一般外来を見通した。

「天井のライトは点いています！」

ついてきた美里が言った。

「つまり停電はこのセンター内だけ？」

美里の声が掠れた。

「しまった！」

吉村は通路の反対側にあるＩＣＵの出入り口を振り返ると急いで駆け出した。

「先生、どうされました！」

美里はそう声を掛けながら吉村の後に続いた。

ＩＣＵ前室でガウンテクニックを再び施した吉村は、真っ暗な中を直感を頼りに《ＢＵＲＮ》の《Ｘ》のベッドを目指した。

その時、部屋の照明が戻った。

《X》の傍らに、首から聴診器をぶら下げ頭に薄青色のキャップを被り顔に白いマスクをつけた白衣姿の男が立っていた。

最初、吉村は、医師が人工呼吸器の具合を調整している、と思った。

しかしすぐに〝異様さ〟に気づいた。

「何してる！」

吉村は真っ先にその言葉が口から出た。

男は《X》の首を締め上げている。

そこへ突進しようとした吉村の目の前で、ナースの一人が男に体当たりした。

猛烈な勢いだったので男は数メートル跳ね飛ばされ、ナースとともに床に転がった。

吉村は男へ駆け寄るよりも先に《X》のベッドへ急いだ。

ベッドサイドモニターへ急いで目をやると灯が戻り、人工呼吸器も力強く稼働している。

安堵した吉村は辺りを見渡した。

さっきの男の姿はなかった。

倒れているナースを起き上がらせた時、近くで女性の悲鳴が起こった。

――《頭部屋》だ！

吉村はそこへ急いだ。

《頭部屋》を見通す通路を曲がった時、首から聴診器をぶら下げた白衣姿の男が目に入った。

男は訳の分からない言葉を発しながら《頭部屋》のドアを金槌《かなづち》で激しく叩いている。

「やめろ！」

吉村が叫びながら突っ走った。

男まで数メートルとなった時、吉村の背中を押し退けて大勢のスーツ姿の男たちが走り抜けていった。

男たちは金槌でドアを叩いていた男を取り囲んだ。

金槌を持った男はそれを振り回して抵抗したが、スーツ姿の男たちによって間もなく取り押さえられた。

キャップとマスクが男たちによって剝ぎ取られた。

醜く歪んだ顔がそこにあった。

「山田……」

吉村は呟いた。

「この人、大学棟の方で何度か見かけたことがあります……」

美里が吉村の背後から言った。

「器物破損《きぶつはそん》の現行犯で逮捕！　時間、××××――」

毅然とそう言い放った草刈は男の手首に手錠を塡《は》めた。

部下たちに山田を連行させた草刈は、吉村の姿に気づくと近づいてきた。

玄関車寄せの傍らのベンチに腰掛ける吉村は、朝焼けに照らされながら草刈には顔を向けず医療雑誌に目を落としていた。

「先生のお陰で、山田を陥落させることができました。ありがとうございます」

草刈は相好《そうごう》を崩して頭を下げた。

だが吉村は反応しなかった。

吉村の姿に気を配りながらも美里は訊かずにはおれなかった。

「先生のお陰で、ってどういうことですか?」

「先生のご教示で、山田の全面自供を導けたのです」

「ご教示?」

美里が訝った。

「最初からご説明いたしましょう」

草刈が言った。

美里は目を輝かせた。

だが吉村は相変わらず何の反応も示さなかった。

「そもそも我々が『ご献体』手配業者の『山田』を捜査圏内に入れたのは、こちらに入院している女性患者が犠牲となった首都高速上の事故です。その女性が運転する車と、別の車とが衝突したことによる事故でしたが、女性の車のドライブレコーダーや監視カメラなどによるその後の調べで、その〝別の車〟が女性の車に故意に衝突した事件であることが判明しました」

草刈は何も応えない吉村には構わず続けた。

「当該の〝別の車〟は盗難車でありましたが、車内からいろいろ犯人のものと思われる遺留物が見つかったんです」

美里は、吉村から聞かされてそれを知っていた。

三人の《X》の顔写真と、うち二人の顔に×マークが付けられたそれだ。

「Nシステムに残っていた運転手の画像と、車内の遺留指紋から、性犯罪の前科があった山田を突き止めたのです」

美里は大きく頷いた。

「一旦、捜査圏内に入れればもう逃しません。昨日の墜落した女性の事件で大学棟五階の壁やエレベーターにあった遺留指紋と盗難車のNヒット状況からも山田が浮かび、二件の連続殺人未遂事件の第一容疑者としました」

美里は吉村へ視線をやった。

――先生の推察では、《頭部屋》の《X》も含めると三件ですよね。

しかし美里はその言葉を呑み込んだ。

吉村は草刈の言葉に頬の筋肉さえ動かさず医療雑誌を静かに捲った。

「それで、交通事故で殺されかけた女性、そして突き落とされた女性と山田との関係を急ぎ調べました」

「関係って、そもそも身元不明で——」

美里が怪訝な表情で草刈を見つめた。

「我々は彼女たちの人定《じんてい》をすることができました。大学棟から突き落とされ、その後亡くなったのは、鎌田《かまた》仁美《ひとみ》、主婦、五十六歳。交通事故での殺害を計画されたのは、鳥居《とりい》亜衣《あい》、会社員、二十六歳——」

その名前を聞かされても美里はピンとこなかった。

「山田はもう一人、谷村芙花《たにむらふうか》という女性も、こちらの一般外来のトイレの中で襲った、と供述しました。その女性もまたこちらに入院中ですね」

美里は吉村を見つめた。

だがページを捲る音だけが聞こえた。

「そして、我々は予想もしなかった重大な事実を突き止めました。鎌田仁美の娘、谷村芙花の妹、そして鳥居亜衣の友人に、いずれも捜索願が出ており、しかもその失踪には事件性があることを——。しかし、山田は関連について黙秘しました」

「それが、先生の〝ご教示〟？」

美里が先んじて言った
草刈は大きく頷いた。

「先生は、大学棟六階にある『臓器保存室』の、解剖学実習で保存された幾つかの臓器を調べて、事件性のある行方不明中の者たちのＤＮＡと急ぎ照合しろと仰いました。先生はその根拠を示されませんでしたが、私は長年の刑事の勘で確信しました。それが勝負の瞬間だと――」

「でも、調べろと言っても、臓器は大学の所有物で――」

「そこでした」

草刈は美里の言葉を遮ってニヤッとした。

「まあ、いろいろ知恵を絞ってですね――」

草刈は初めて口ごもった。

「で、とにかく照合したところ、先生が指定された瓶の中にあったそれら臓器と、鎌田仁美の娘、谷村芙花の妹、そして鳥居亜衣の友人のＤＮＡとが一致したんです。その結果を山田にぶつけたところ自供に至りました。こちらに何度も出入りしていて病院棟や大学棟のことを知り尽くした者にしかできない犯行です。恐らく、今回の騒ぎも病院のシステムのことを知った上でのことでしょう」

「先生のご教示が功を奏したんですね」

美里はたまらず吉村に語りかけた。

だが吉村は何も応えなかった。

草刈は続けた。

「性犯罪で前科のあった山田は、強姦目的で襲った女性を殺害し、その遺体処理に困った。その時、自分の仕事が役に立つことを思いついた。『ご献体』として大学病院に提供することを――。それがまず鎌田仁美の娘です」

「じゃあ他の二件も？」

美里は慎重に訊いた。

草刈は大きく頷いた。

「それにしても、三人はどうして、この病院に？　もしかして、山田に殺された三人の女性の魂が呼び寄せた……」

美里は青ざめた表情で言った。

「まさか――」

草刈が苦笑しながら続けた。

「真相に至るのはこれからですが、私はこう想像しています。母親の鎌田仁美、姉の谷村芙花、友人の鳥居亜衣の三人は、警察が動いてくれないことから、どこかの失踪者の救済団体を頼り、そこで知り合った。そして協力し合うことを約束した。その結果、偶然、こちらの病院が失踪に関係していることが分かった」

美里は、草刈のその説明に違和感を持った。

――偶然じゃない。強い力が彼女たちを突き動かした。だからこそ彼女たちは同じように《救い出して》という言葉を……。三人は何らかの方法で失踪に山田が関与していることを疑い、その証拠が病院にあると思って大学の中を探した――。

「ただ彼女たちや山田にしても、まさか『臓器保存室』にその証拠があるとは思ってもみなかったと思う。しかし、山田にしてみれば殺した相手の関係者が病院に行ったこと自体が恐怖だった。だから証拠を見つけられる前に——山田はそう供述しています」

「『大学棟』には実習中に使う『ご献体』を保存しておく『保存室』があります。山田はそこに証拠が残っているとは思わなかったんですか？」

美里が疑問を口にした。

「山田は知っていました。だからこそ母親の鎌田仁美、姉の谷村芙花、友人の鳥居亜衣の動きは不気味だったとも——」

「それで三人を殺そうと？」

美里が訊いた。

「そうです。しかし——」

草刈の表情が険しいものに一変した。

「この三件だけではない可能性があるんです」

美里は息が止まった。何を言いたいのか想像できたからだ。

「さきほど私は全面自供と言いましたが、そうでないかもしれません」

「それってまさか——」

美里は顔を引きつらせた。

「山田はいったい何年前から同じことを続けているのか——。しかも他の大学とも取引しているので、もしかすると……」

サイレン音とともに何台もの捜査車両や鑑識の車両が玄関に集結してきた。

医療雑誌を閉じた吉村が突然、質問を投げかけた。

「山田は、病院のトイレにイタズラ書きを書いたとか言ってませんか?」

「イタズラ書き?」

「例えば、救い出して、とか――」

「いいえ、そんなことは何も……」

草刈が怪訝な表情を向けた。

「じゃああれは――」

吉村は途中で口を噤んだ。今更、そのことを口にするのは必要なことじゃないと思った。ましてや、その文字が、救急患者Xたちが同じく口にしていた言葉とまったく同じであることも尚更、余計なことだと確信した。

「美里さん、モーニングカンファレンスに備えて協力して欲しいことがある。後でナースステーションに顔を出すよ」

と吉村はそれだけ言うと、草刈に挨拶をすることもなくそそくさとセンターへと戻っていった。

モーニングカンファレンスに出ようとしていた医局の吉村のデスクに、朝一番で採られた

《BURN》の《X》こと、鳥居亜衣の生化学検査の結果が届けられた。

吉村は驚いた。

――血液凝固機能、酸素化、代謝性アシドーシスも悪くない。乳酸値も低下している。膀胱内圧も正常値に戻りつつあった。

吉村は仮眠している小林と藤田を起こした。

「二回目の手術だ！」

ICUに入った吉村はさらに驚かされることとなった。

バイタルサインはいずれも安定し、表情も和らいでいる。

――この人、微笑んでいる。

吉村は正直そう思った。

二回目の手術が開始されたのはその約二時間後だった。

腹部の膨満はまだ顕著だったが、開腹してみると、タオルパッキングによって大まかな出血は抑えられていた。

左葉の出血点もすぐに見つけたがまだ少しの出血が認められた。

縫合止血を行って再びタオルパッキングをして透明シートで腸管を被覆し、再び鳥居亜衣をICUに戻した。

《頭部屋》の《X》こと、谷村芙花も快復する兆しがあった。

脳圧が大幅に下がったからだ。

しかも芙花の顔にも、笑顔があることを吉村は知ることとなった。

エピローグ

あれから一ヵ月。もはやセンター内で、あの二日間の出来事の話をする者は誰もいなくなった。

噂好きなナースたちからも、病院や大学じゅうを混乱の極みに陥れた〝あの騒ぎ〟についての話題は聞かれなくなった。

美里は驚きだった。

人間とは、それほど簡単に一緒に仕事をやってきた者たち——それも他の職場と違って生死の境をさ迷う者たちを救うという過酷な世界で、——のことをこうも簡単に忘れられるものなのだろうか、と最近そんなことを考えるようになった。

ただ一人、同期であり内科外来ナースの柚花だけは違った。廊下ですれ違う度に、意味深な笑顔を浮かべ、何かを語りかけようとする仕草を見せる。でも結局はいつもそのまま黙って通り過ぎてゆくのだ。

実は、美里には納得できないことがあった。

なぜ、《X》だった三人の女性たちが、自分の娘、妹、友人を殺された証拠が大学にあると思ったのか。

だから美里は人知れず期待していた。

生き残った二人の《X》が快復した時、それについてどんな話をするのか――。

しかし、三週間ほど前に意識を取り戻した彼女たちは、そのことをもう忘れてしまったと口を揃えてそう言ったのだ。

一般病棟に移った二人から事情を訊く草刈との話をたまたま耳にした後輩ナースの話によると、《X》たちは互いに面識がないということも分かった。

一時、そのことがナースステーションに集まったナースたちの間で大きな話題になったことがあった。

だがその時、ナースステーションの隅に立っていた美里は、自分の思いを口にすることはなかった。

どうせ言ったとしても誰もが到底理解できることではないからだ。

美里にとって再び忙しい日々が始まった。重症患者は、一ヵ月前と変わらず、ひっきりなしにICUに入室してくる。

吉村もまた〝あの騒ぎ〟が嘘であったかのようにセンターで忙しく働いている。

あれからまったく〝あの騒ぎ〟のことを口にしない。

ICUで一緒に仕事をしたり、通路ですれ違ったり、スタッフ用食堂で席を同じくしたりしても、〝あの騒ぎ〟のことは一度として話題に上らせることはなかった。

ただ、〝あの騒ぎ〟以来、ナースステーション内で自分と吉村との関係を疑う者がいることを美里は知っていた。

いつも囁き声で、しかも顔を寄せ合って話す二人が、ただならぬ関係だと邪推してのものである。

だがその真相も美里は誰にも話すつもりはなかった。

その真相とは、誰もが想像もできない、信じがたいものを二人だけが感じたということである。

一ヵ月前のあの日の未明、大学棟の六階、臓器保存室の中にいたのは吉村だけではなかった。

ICUでの仕事が終わって追いかけてきた美里も、吉村の背後にいた。

美里はそれを見て確信した。

殺された上にご献体にまでされ、内臓だけが残された彼女たちの魂の叫びが三人の《X》を呼び寄せたのだと。

《救い出して》との言葉とともに――。

ただ、〝あの騒ぎ〟の影響かどうか分からないがある小さな〝変化〟があった。

吉村の医局のデスクの上に、四歳で亡くなった渚ちゃんが茶色っぽい猿のぬいぐるみを抱いて微笑み、絵美さんと家族三人で撮った写真が置かれたことだ。

これまで美里は、吉村が自分の娘の死を認めようとしていないことを、彼の話の端々で気がついていた。

だから、なぜ今となって吉村がそれを認めることができるようになったのかは分からなかった。

しかしそれについて、吉村に訊こうという気持ちは美里にはまったくなかった。

謝辞

本作品は、常に私のそばにいてくださり、ご指導、ご教示を賜り文章の医療監修もして頂いた、その医師の方がいらっしゃらなければ存在しませんでした。本当にありがとうございました。心から御礼を申し上げます。

出版においては、今回もまたご理解を頂きました幻冬舎の見城徹氏には深く拝謝の気持ちを伝えさせてください。

また膨大な編集作業をこなしてくださり、常に的確なご教示をくださいました、編集ご担当の羽賀千恵さんには言葉を尽くして感謝の気持ちをお伝えしたい。本当にありがとうございました。

二〇二一年二月　　麻生幾

本書は「ポンツーン」２００４年12月号～２０１１年11月号までの連載に、加筆修正したものです。

この作品はフィクションであり、登場する人物、団体、地域そして国名などは実在するものと一切関係がありません。

〈著者紹介〉
麻生 幾　大阪府生まれ。小説デビュー作『宣戦布告』がベストセラーになり映画化もされた。以後、『ZERO』『瀕死のライオン』『外事警察』『特命』『奪還』『秘録・公安調査庁　アンダーカバー』『トッ!』など話題作を発表し続けている。

カバーデザイン　米谷テツヤ
カバー写真　Patrick Foto / shutterstock

救急患者X
2021年3月15日　第1刷発行

著　者　麻生 幾
発行人　見城 徹
編集人　森下康樹
編集者　羽賀千恵

GENTOSHA

発行所　株式会社 幻冬舎
〒151-0051 東京都渋谷区千駄ヶ谷4-9-7

電話：03(5411)6211(編集)
　　　03(5411)6222(営業)
振替：00120-8-767643
印刷・製本所：図書印刷株式会社

検印廃止

Printed in Japan
ISBN978-4-344-03768-7 C0093
幻冬舎ホームページアドレス　https://www.gentosha.co.jp/

この本に関するご意見・ご感想をメールでお寄せいただく場合は、comment@gentosha.co.jpまで。